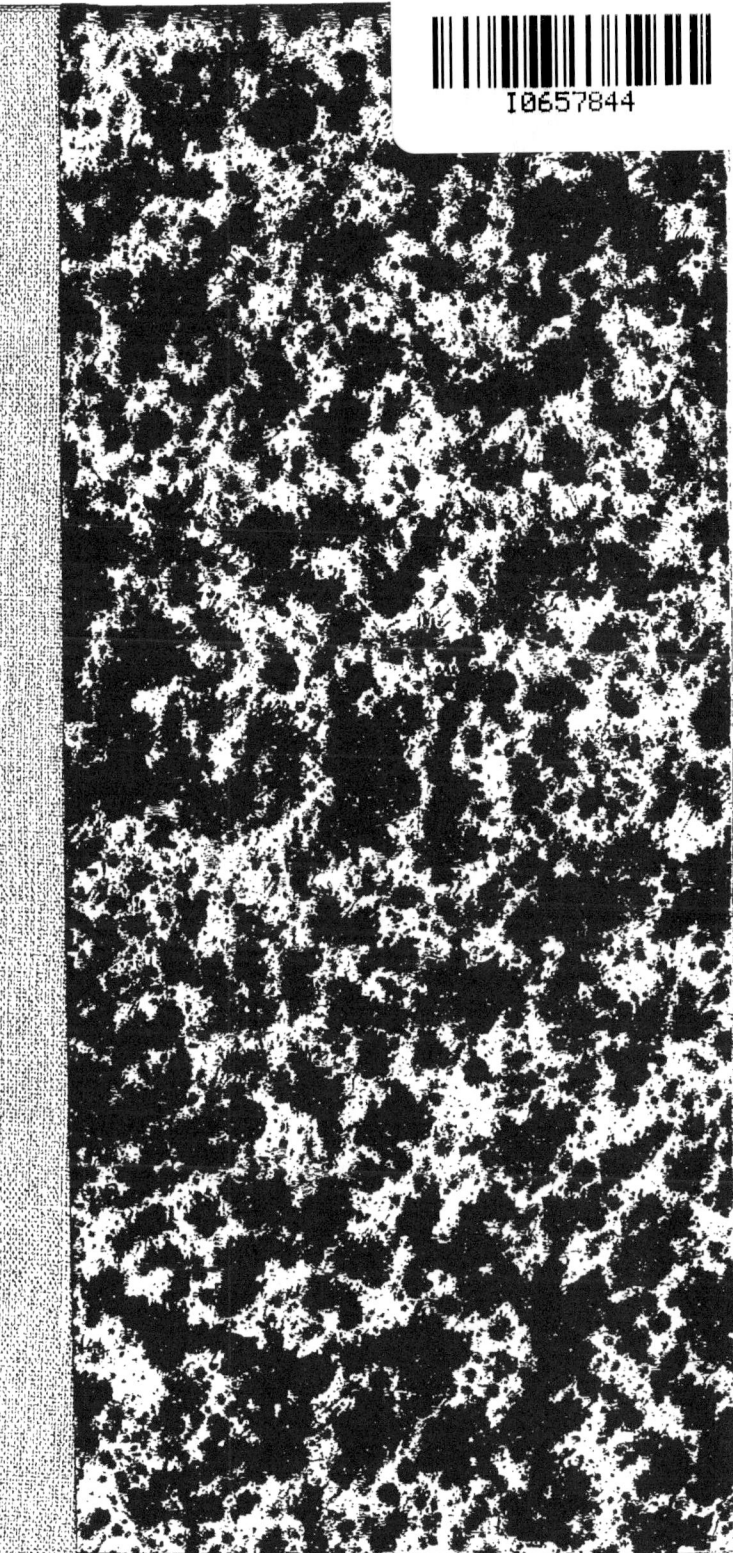

I0657844

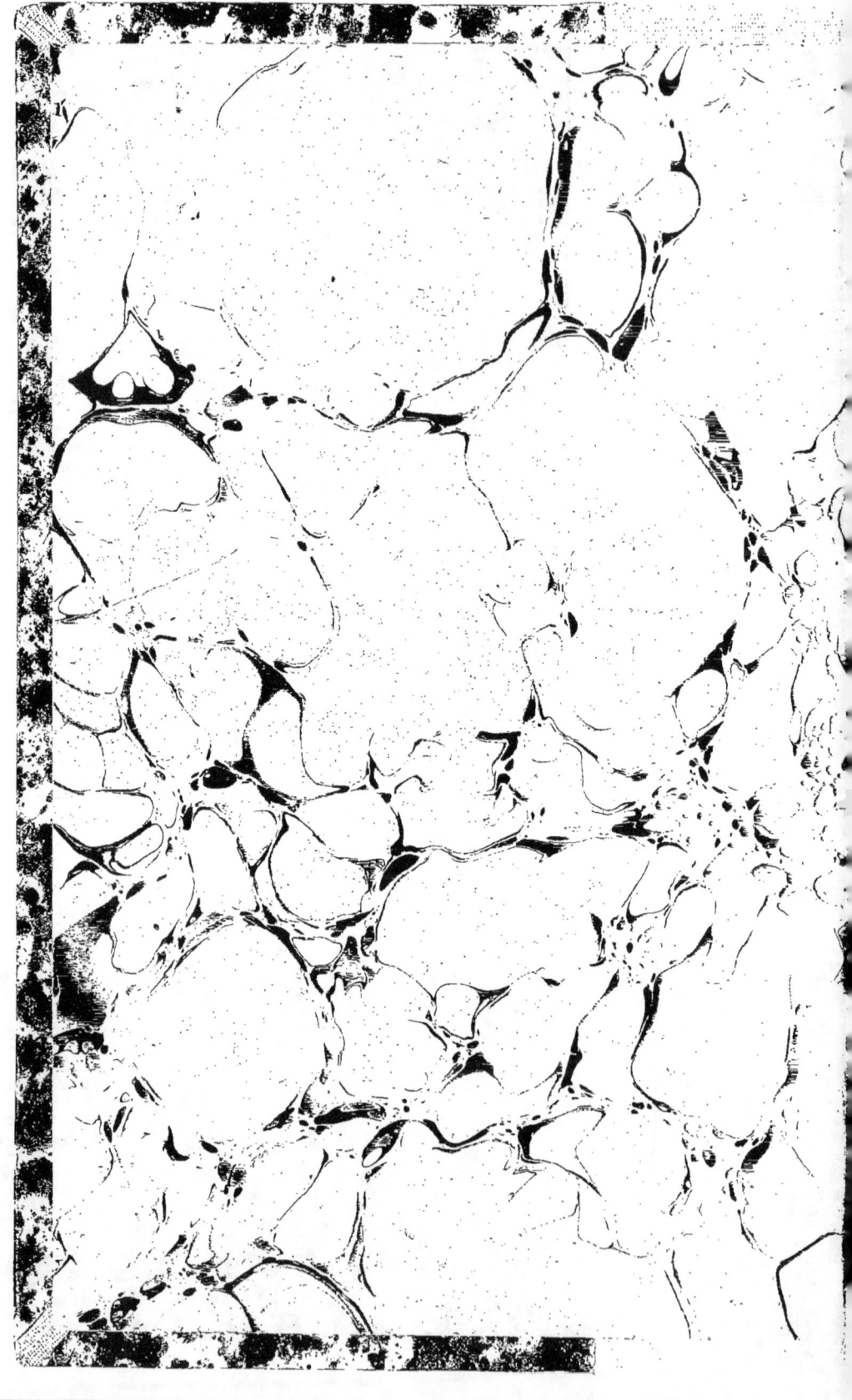

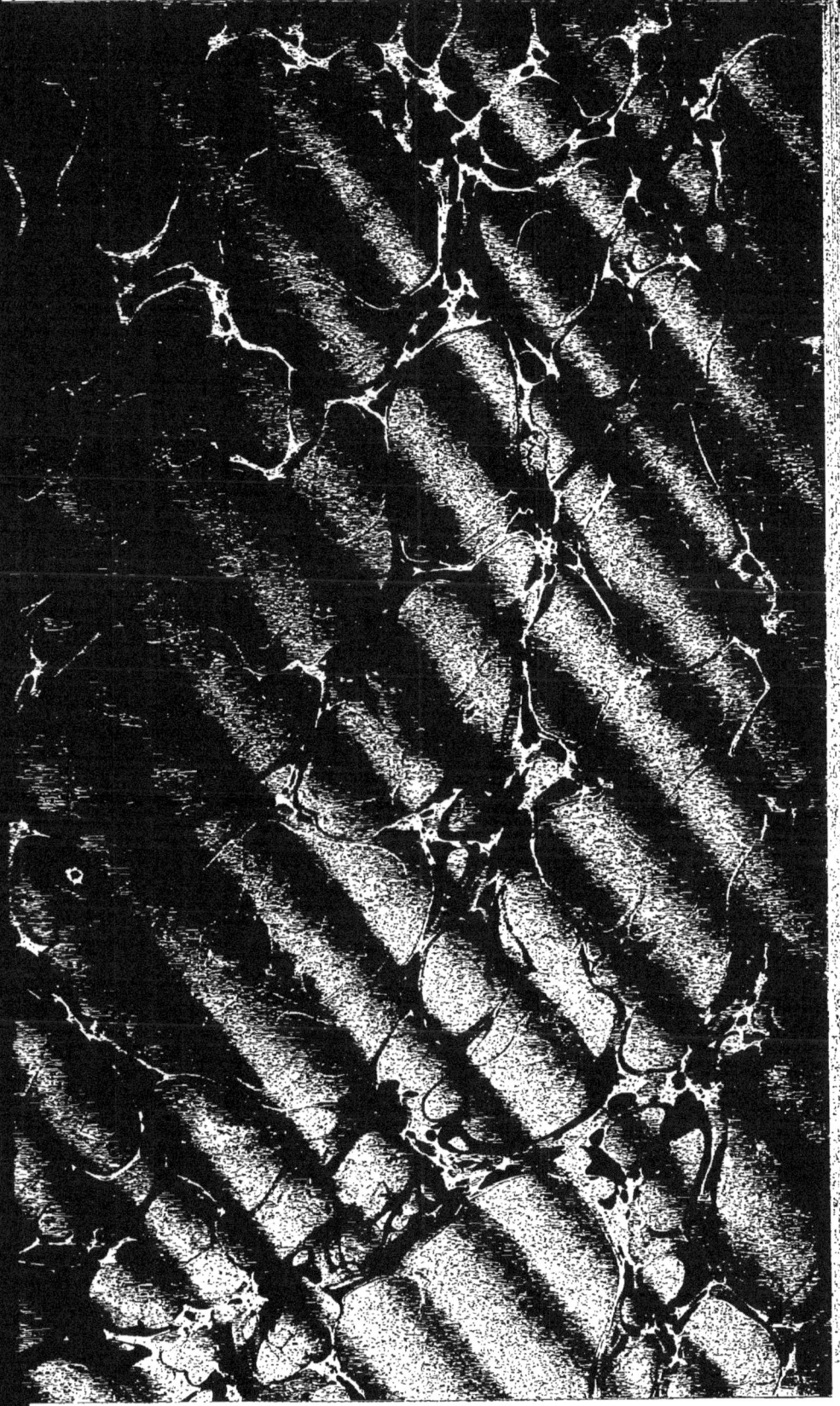

J. BOULANGER

LA DAME

D'ENTREMONT

RÉCIT DU TEMPS DE CHARLES IX

PAR

ERNEST D'HERVILLY

ILLUSTRATIONS DE

FR. REGAMEY ET N. NORMAND

PARIS. CHARAVAY FRÈRES ÉDITEURS

4 Rue de Furstenberg

1883

LA DAME

D'ENTREMONT

LA DAME D'ENTREMONT

LA DAME
D'ENTREMONT

RÉCIT DU TEMPS DE CHARLES IX

PAR

ERNEST D'HERVILLY

ILLUSTRATIONS DE

FR. REGAMEY ET H. NORMAND

PARIS. CHARAVAY FRÈRES ÉDITEURS

4, rue de Furstenberg.

1883

LA DAME

D'ENTREMONT

I

GOURMETS ET GOURMANDS

La première scène de ce récit a pour décor le jardin fleuri d'un cabaret de mariniers, au bord de la Loire, en face de l'agréable ville de Blois, où la cour séjourne depuis quelques semaines.

Et nous sommes à la fin de l'été de l'année 1571.

Une table toute servie, disposée sous les pampres déjà rougissants d'une treille, attend les convives qui, au dessert, s'accouderont sur la nappe bise.

Le maître du (logis, maître Troquemarton),

debout derrière la haie vive de son enclos, regarde en clignant de l'œil la rivière large et
limpide qu'une barque chargée de nombreux
personnages, et venant de la ville, traverse en ce
moment.

Un bruit de casseroles remuées s'échappe, par
instants, des profondeurs d'une salle basse dont
la porte s'ouvre sur le jardin, témoignant ainsi
de la vigilance d'un galopin de cuisine, du nom
de Furet, chargé de la surveillance des sauces.

Tout en regardant la rivière dont les petits flots
miroitent sous les rayons obliques du soleil de
septembre, maître Troquemarton s'adresse, et ce
n'est pas la première fois depuis le matin, la
question suivante :

— Que peut bien être le jeune et beau garçon,
blessé d'un coup de dague à la poitrine, qui dort
présentement, là-haut, dans mon propre lit, et
que j'ai pêché, cette nuit, au milieu de la Loire,
en même temps que les lamproies dont ces messieurs qui viennent là-bas vont se régaler tout à
l'heure ?

Et maître Troquemarton ajoute :

— Sans la rencontre fortuite de mon bachot,
le cher monsieur, à l'heure qu'il est, devenu ca-

davre, serait probablement échoué dans la vase,
du côté d'Amboise.

Cette réflexion est suivie d'une série de remarques, dont voici les principales :

- — Il n'est pas du commun, cela se voit à la
finesse de son linge et du drap de ses habits. Mais
s'il est gentilhomme, la simplicité austère de son
costume noir, tout uni, me fait croire qu'il ap-
partient, comme moi, à la Religion. En outre,
en me racontant, après avoir repris connaissance,
comme il avait été attaqué dans une ruelle du port,
puis jeté à l'eau comme mort, il n'a pas fait un
seul emprunt aux belles *Légendes de jurements*
composées à Paris à l'usage des gens du bel air.
J'en conclus que ce cavalier ne fait nullement
partie de la cour, où le moindre freluquet se
croit obligé, en toute occasion, de blasphémer
le nom de Dieu et le corps du Christ, à l'exemple
de Sa Majesté le roi Charles IX en personne...
Mais, motus, voici nos clients du château !

En effet, tandis que maître Troquemarton se
livrait à son soliloque mental, la barque signalée
ci-dessus avait achevé sa traversée et donnait de
l'avant dans les roseaux du rivage.

Pour tout autre que pour le digne cabaretier,

qui avait évidemment l'habitude d'un spectacle
semblable, le débarquement des passagers offrait
un tableau d'un pittoresque bizarre.

Une douzaine de valets robustes, échelonnés
de la barque à la berge, en ligne, les pieds trem-
pant dans le limon humide, se passaient de main
en main, comme les seaux d'une chaîne d'incen-
die, de très petits êtres rabougris, somptueuse-
ment attifés de vêtements singuliers de forme et
de couleur.

Ces avortons magnifiques poussaient des grognements d'effroi en se voyant suspendus, à
bout de bras, au-dessus des bords marécageux de
la rivière.

Le valet qui les recevait en dernier lieu les
déposait respectueusement sur le sable sec, où
ils formaient un groupe assurément étrange,
ceux-ci coiffés de bonnets fourrés à la polonaise,
ceux-là portant sur leurs grosses têtes des tur-
bans à la mauresque ombragés de plumes.

Ces êtres grotesques, nous ne le cèlerons pas
plus longtemps, c'étaient les Nains du roi, de la
reine, de la reine-mère et des princes.

Le joyeux plaisir de ces petits grands personnages, à Blois, quand ils n'étaient pas de ser-

vice dans les antichambres royales, où ils faisaient les fonctions d'huissiers aux dépens de l'escarcelle des courtisans, c'était de venir chez maître Troquemarton manger une des célébrités ichtyologiques de la rivière de Loire, alose ou lamproie, accommodée à la marinière.

Et puis, comme le disait l'une de ces curieuses et gourmandes petites créatures, l'illustre et le soupçonneux Pétavine : Chez maître Troquemarton, on pouvait causer à l'aise, sans avoir à redouter l'oreille des espions. Le vent dispersait sans retour les paroles dites.

Cette fois le banquet des Nains de la cour avait aussi pour motif déterminant la bienvenue à souhaiter à trois nouveaux gentilshommes de leur taille, ramenés récemment de Pologne par Crésoki, le nain de la reine-mère, et arrivés la veille à Blois avec lui.

La bande minuscule était au grand complet pour cette réception dînatoire.

Il y avait là le vieux Romanesque, auquel son grand âge faisait hocher le chef, et les deux petits Polacres. Puis Crésoki, déjà nommé, que la reine-mère avait envoyé se glisser partout en Pologne, dans un but que l'élection du duc d'An-

jou au trône de ce pays dévoila plus tard. Il y
avait aussi, à côté des nouveaux nains polonais,
qui semblaient hébétés de se voir en si brillante
compagnie, le doux La Roche, joueur de luth,
puis Rodomont, Mandricart, Merlin, et enfin le
soupçonneux Pétavine, l'homme politique de la
compagnie.

Pétavine, pénétré du sentiment de sa haute importance, était persuadé que dans ces temps
troublés — bien qu'on fût en paix avec les huguenots depuis un an — sa vie devait être le point
de mire des ennemis de l'Église ; aussi il ne sor-
tait jamais que suivi d'un serviteur armé jusqu'aux dents, et qui portait la nourriture de son
maître dans une boîte d'argent, dont Pétavine
avait seul la clef.

Le toquet à la main, l'échine en arc de cercle,
maître Troquemarton se précipita au devant de
ses hôtes qui franchirent la porte de son courtil
en se faisant de vives politesses.

Un instant après, les nains étaient mis à table
par leurs serviteurs, à peu près comme de nos
jours, Corvi (révérence parler) installe son banquet de singes ; et maître Troquemarton, assisté
du galopin Furet, leur servit le fameux civet de

lamproies aux prunes sèches pour lequel ils avaient momentanément abandonné les offices de la cour.

Les valets, impassibles, le linge sur le bras, un broc d'étain au poing, se tenaient debout derrière les sièges des nobles convives, et leur versaient un petit vin âpre et frais, qu'ils avalaient avec l'allégresse de gens de cour heureux d'étonner un peu leur palais habitué aux brûlants vins d'Espagne et aux breuvages épicés de leur ordinaire.

Le repas fut trouvé exquis. Il dura longtemps. Nous n'en décrirons pas les péripéties. Bien que petit, le vin produisit son effet ordinaire. Il délia les langues aussi radicalement, mais d'une façon moins brutale, que l'épée d'Alexandre délia le nœud gordien.

Le soupçonneux Pétavine lui-même, après avoir fait faire l'essai du vin par son valet, engloutit rasade sur rasade, et, tout en regardant chaque poirier du jardin comme si le tronc de ces innocents végétaux pût cacher quelque espion sous son écorce, il se mit à bavarder de choses et d'autres.

Naturellement, pour cette bande bariolée dont

les larges oreilles écoutaient à toutes les portes, les choses et autres, c'étaient uniquement les propos de la cour, facilement enregistrés, car on se gênait aussi peu pour parler devant eux, que s'ils eussent été des guenons favorites ou des chiens familiers.

II

LES CHAMBRES HAUTES DU CHATEAU

DE BLOIS

Laissons pour l'instant les petits parler des grands.

Nous n'avons que faire d'entendre les graves anecdotes qu'ils débitent, longuement, par le menu. Avant qu'ils en soient arrivés aux histoires et confidences de haute curiosité dont nous pourrons faire notre profit, et qu'ils gardent pour ce que nous appellerions la bouche, si dans la présente circonstance, cette bonne bouche n'était pas destinée à devenir étonnamment pâteuse, nous avons le temps d'échapper à la compagnie de ces bavards par une agréable tangente qui consiste, ayant bien vu ces magots, et certain de les retrouver à table, à aller admirer les traits délicats d'une jolie femme.

LE CHATEAU DE BLOIS

Pour ce faire, qui nous aime nous suive, et, dis-crètement, pénètre avec nous dans une des chambres hautes du château de Blois, chambres où sont logés les demoiselles d'honneur de la reine mère et leurs suivantes, les officiers infé-rieurs, les petits gentilshommes de cour, enfin nombre d'autres personnages de charges diverses et de rangs plus ou moins modestes, pêle-mêle assurément fort étrange et donnant souvent lieu à des amphibologies de voisinage, à des surprises et à des erreurs dans les mœurs du temps gogue-nardent, sans les trouver autrement répréhensibles ou tout au moins fâcheuses.

Dans la chambre, au seuil de laquelle nous nous arrêtons, invisibles, ce n'est pas précisément le luxe du mobilier qui éblouit tout d'abord les yeux. Catherine de Médicis, déjà sans cesse tirée aux cottes et aux chausses par les innombrables serviteurs et fournisseurs à qui, la veille de sa mort, dans ce même palais, elle devra plus de dix millions, n'a certes pas d'argent à jeter par les fenêtres des appartements réservés à son « esca-dron volant » dans chacune des maisons royales qu'on habite tour à tour. Ce n'est donc pas le luxe, ce serait plutôt un ordre parfait et une

exquise propreté qui charmeraient la vue dans
la chambre en question, si le regard y pouvait
voir autre chose que la gracieuse créature aux
yeux bruns, aux cheveux mordorés, qui loge
en cet humble pourpris et l'embellit du même
coup, de même que la seule présence d'un écu
d'or neuf semble transfigurer le vide et vieux
bourson d'un besacier de grande route en une
aumonière de velours frais, brodée par la main
même des Charites.

Nous n'essayerons point, inhabile que nous
sommes, de tirer un crayon exact des grâces de
la physionomie, plutôt touchante que pleine de
feu, de cette gente personne. De plus grands
clercs que nous y perdraient, si non leur peine,
car le tenter est un plaisir qui la paye amplement, mais leur latin et leur science du bel art
de la peinture. Nous nous bornerons à noter,
entre autres jolis détails, que la tête, mignonne,
bien proportionnée, que le front étroit, à la gré-
geoise et voilé de petites boucles mordorées; que
les yeux bruns, honnêtes et tendres, que le visage,
à l'ovale délicieux; que le col, flexible et d'une
superbe attache, ont pour compagnes deux
blanches épaules tombantes du dessin le plus

noble ; leur courbe adorable se révèle modestement dans l'évasement du cornet d'une collerette
godronnée. Le seul trait un peu sévère dans ce
doux et séduisant visage, c'est un nez aquilin
d'une ligne fière.

Cette belle demoiselle, dont la mère fut, en son
vivant, une des splendides Écossaisses venues en
France à la suite de Marie Stuart pour le plaisir
d'icelle en général, et en particulier pour la joie du
galant roi Henri II, s'appelle Marguerite Harlemaine.

Seule, assise en sa chambre nue, dans une
vaste chaire, les yeux errant parmi les lointains
paysages de la verdoyante vallée où brillent
les larges eaux, ocellées de nombreuses îles boi-
sées, de la calme rivière de Loire, elle se livre,
pour le moment, on le devine au pli mélancolique qui s'est creusé entre ses fins sourcils, à
quelque pénible cogitation.

Ses mains délicates caressent distraitement les
cordes d'un luth de Bologne, abandonné sur ses
genoux.

A quoi, à qui songe-t-elle ? Il nous est permis
de le pénétrer, grâce à nos privilèges d'auteur
qui sonde les cœurs et les âmes. Marguerite

Harlemaine songe à cette infortunée et résignée
Valentine de Milan, qui s'éteignit à trente-huit
ans, dans ce même château de Blois, regrettant
un mari infidèle, qu'elle chérit au point de
prendre pour emblème, après sa mort, un
« chante pieure » surmonté d'un S, dont le carme
suivant peut rendre le quadruple sens :

« *Solitaire, Souvent, Se Soucie* et *Soupire.* »

On sait qu'au-dessous de cet S, cette épouse à
l'inextinguible tendresse, mais qui ne fut pas
pourtant celle que le duc d'Orléans appelait *Sa
mieux aimée*, et dont il eut le Beau Dunois, avait
fait inscrire cette lamentable et désespérée devise :

Rien ne m'est plus,
Plus ne m'est rien.

Donc, Marguerite Harlemaine, de subites
lueurs humides entre ses paupières, pense au sort
funeste de Valentine de Milan, morte sans avoir
été aimée, et elle se demande avec une innocente
douleur si tel ne sera pas son sort.

Marguerite aime de toute son âme, depuis
longtemps, un gentilhomme au visage grave et
doux, avec lequel, enfant, alors que sa mère ha-

bitait Poitiers, elle a joué sous les arbres familiers d'un vieux parc. Lui, devenu grand, en âge
de porter l'épée, a pris parti pour la Cause, et les
guerres civiles les ont séparés. Ils se sont revus,
mais à de longs intervalles, pendant ces rares
trèves signées du meilleur sang de France, qui
réunissaient, pour de courtes journées, la main
des protestants dans la main des catholiques.

Peu à peu, la jeune fille, élevée dans la foi ma-
ternelle, mais amenée, comme la plupart des
femmes de son temps, à examiner les divergences
de croyance des huguenots et des papistes, et
poussée par son penchant caché autant que par
de soudaines convictions, s'est silencieusement
rangée du côté de celui qu'elle aime, et pour toujours.

Aussi, est-ce avec ivresse qu'elle l'a revu récemment à la cour, où il est venu en mission de
la part de monsieur de Coligny.

Pour lui, c'est en proie à la plus tremblante
des émotions qu'il s'est enfin retrouvé en présence de la jeune fille, dont le pur et placide visage — miroir bien trompeur d'une âme où brûle
un feu violent — lui est apparu si souvent, dans
les rêves de bivouac, à la veille des combats. Il

l'aime, de la façon la plus tendre et la plus solennelle. Mais, étreint et glacé sous cette lourde
tunique de Nessus de la réserve huguenote, — réserve qui, aux yeux d'un cavalier catholique sent
plutôt son pilier d'église que son porteur d'estoc
— le doux et grave gentilhomme n'a pas encore
osé avouer son amour.

Cependant, et pas plus tard que la veille de ce
jour, mis habilement en demeure, par une ruse
de la belle Marguerite, de témoigner publiquement le cas qu'il fait d'elle, le timide soldat n'a
pas hésité un instant à relever, en face de tous,
et défiant l'univers avec assurance, mais sans emportement, le joli gant que la charmante Écossaise jetait dans la foule de ses adorateurs.

Empressement dangereux, défi qui pourrait
avoir des conséquences mortelles!

Car parmi les poursuivants audacieux de la
vertueuse Marguerite, il s'en trouve un, fils de
roi, de cœur bouillant, d'humeur farouche, dont
la puissance est, comme l'audace, sans autres limites que celles que, parfois, lui impose son
frère et souverain Charles IX.

Cet amoureux terrible, ce prince qui, fronçant
avec fureur son lourd sourcil roux, a entendu le

gentilhomme huguenot promettre, à calme et
haute voix, d'exaucer, coûte que coûte, le vœu
émis soudain par l'imprudente Marguerite, ce
rival aux mœurs sanglantes, c'est Henri de Valois, *l'enfant du revenant*, comme on le désigne
à la cour, le batard d'Angoulème comme l'appelle
l'histoire, enfin, le fils naturel de Sa Majesté
Henri II et de la belle Leviston, à ce qu'assurent
les chroniques scandaleuses.

Et mademoiselle Harlemaine, contemplant le
beau fleuve et ses rives, tandis que sa main, gla-
cée à présent, s'appuie plus lourdement sur les
cordes du luth qui reste muet sur ses genoux,
songe à cette reine qui mourut sans avoir été
aimée, à ce valeureux et dévoué jeune homme,
qu'un mot malicieusement jeté par elle sans y
réfléchir, va peut-être exposer à une mort cruelle,
à ce prince féroce et infâme qui, quelques heures
après la gaie cour d'amour tenue dans l'antichambre de Catherine de Médicis, a passé près
d'elle, comme elle rêvait dans un angle de la
chambre royale, et lui a murmuré à l'oreille, en
la brûlant au visage d'un sourire audacieusement
cynique, elle ne sait quelle parole menaçante.

Mais elle sait son ami brave autant que prudent, circonspect autant que déterminé, et, en regardant le beau jour, si étincelant, dont le déclin pur et sans tristesse annonce encore une suite de calmes et splendides journées, elle sent peu à peu l'espoir, ce dieu des amoureux, à la fois si fugace et si tenace, s'emparer de nouveau de son cœur endolori et le bercer délicieusement.

Elle aimait, elle était aimée! Quelles sont les ténèbres que ne parvient pas à dissiper et à changer en lumière joyeuse l'irésistible et triomphant rayon de soleil d'un amour partagé!

Elle reprit son luth, doucement, comme un enfant qu'on éveille, et de sa voix fraîche, tremblante encore un peu, elle recommença à chanter un des madrigaux de Ronsard, mis en musique par Philippe de Monte, qu'avait interrompu sur ses lèvres la sombre et amère série de ses précédentes réflexions.

Les paroles de l'excellent poète vendômois, qu'accompagnait l'air lent et plaintif, composé par le maître de chapelle de l'Empereur, étaient les suivantes, que Marguerite s'appliquait sans doute elle-même, avant l'aveu formel de son ami le huguenot silencieux:

Plus tu connois que ie brule pour toy
Plus tu me fuis cruelle !
Plus tu connois que ie vis en esmoy
Et plus tu m'es rebelle !
Te laisserai-je ? — hélas, ie suis trop tien!
Mais ie bénirai l'heure
De mon trèspas, — au moins s'il te plaist bien
Qu'en te servant ie meure !

Pendant qu'elle articulait, et avec quel sentiment congruent à la chose, ces suprêmes soupirs
d'une âme bien éprise, on entendait, s'échappant
sans doute par les portes ouvertes des logis voi-
sins du sien, des commandements bizarres et
des strophes grotesque qui formaient le contraste
le plus étrange avec la gémissante mélodie du
maître musicien, en s'y mêlant follement et
obstinément. Alors que mademoiselle Harlemaine, les yeux voilés de pleurs plus tendres que
brûlants d'amertume, chantait :

Reviens vers moi, qui suit tant désolée,
Et tu verras l'ennuy et le tourment
Que j'ai souffert, attendant longuement
Ton tien retour dont serai consolée ;

Une voix vibrante, qu'on eût prise pour celle

d'un sergent de bataille instruisant ses hommes,
commandait, à droite :

— Les galopins ! laissez passer. — Les enfants de cuisine ! laissez passer. — Les sert-
d'eau ! les porte-faix ! les porteurs en cuisine ! les
porte-tables ! laissez passer.

Et à gauche, hurlante et aiguë, une autre voix
déclamait, avec une onction assourdissante, les
strophes des *Divins cantiques* du célèbre poète
M. de Maison-Fleur :

> O dieu ! dans ton cabinet
> Où tes sergens font le guet,
> Tu tiens plusieurs sortes d'armes,
> Auxquelles l'homme ne peut
> Faire teste, s'il ne veut
> Les combattre par les larmes !

La voix guerrière de droite reprenait alors :

— Les souffleurs, laissez passer ! — Les pota-
gers, passez ! — Les saulciers ! les hâteurs ! les
verduriers ! les fruitiers ! les sommiers des bou-
teilles ! passez ! passez !

A gauche, plus glapissante encore, la voix
pieuse envoyait au ciel une autre de ces strophes
qui étaient, chose étrange, si chères à Marie

Stuart, une reine qui avait du goût et des lettres jusqu'au bout des ongles, pourtant :

> La mer, les eaux, les torrents,
> Le feu, la gresle, les vents,
> La foudre avec les tonnerres,
> Les vers et les hannetons
> Sont les armes et bastons
> Dont ta main nous fait la guerre !

A peine le fanatique avait-il terminé son cantique, que la voix de droite, qui était probablement l'organe sonore d'un noble huissier de cuisine apprenant les devoirs de sa charge à quelque godelureau d'enfançon, destiné à lui succéder, proclamait de nouveau ces axiomes du cérémonial de l'office :

— Les aides de cuisine ! Saluez. — Les chefs de cuisine ! Saluez deux fois. — Saluez ! Au potage ! haut la masse, et marchez en tête du cortège. — A la viande ! haut la masse, et marchez en tête du cortège. — Au fruit ! haut la masse, et marchez en tête du cortège !

Au milieu de cette absurde bataille de mots et de cette abominable cacophonie, la fine et svelte Marguerite, n'écoutant que son cœur et sourde à

tout autre son que celui de son luth, mariant ses
notes graves et caressantes à la tendre poésie du
maître ès rimes, continuait à chanter, cette fois
sur un air de maître Nicolas de la Grotte :

> Las ! je n'eusse jamais pensé,
> Dame qui cause ma langueur,
> De voir ainsi récompensé
> Mon service d'une rigueur !
> Et qu'au lieu de me secourir
> Ta cruauté m'eût fait mourir !

Hâtons-nous de rester sur cette élégie, et
fuyons le charivari que, quotidiennement, dans
la fourmilière des services de la cour, faisait naî-
tre, pendant les voyages, la promiscuité cho-
quante des logements des demoiselles d'honneur
et des officiers du roi, des reines et des princes.

Tout en concevant dans l'esprit, qu'elle rejouit
et parfume, la jolie et noble image de mademoiselle Harlemaine, retournons à cette table du
cabaret de maître Troquemarton, où nous avons
laissé, humant le piot, éditant des balivernes sans
se faire prier, et ne lâchant leurs petits secrets
qu'après bien des supplications, les glorieux
nains et bouffons de la suite de Leurs Majestés.

III

LES PETITS PARLENT DES GRANDS

Les nains commençaient à parler.

— Le roi a juré son grand Sacre-Dieu ce matin, dit Mandricart. Je le tiens du sieur Dupré, qui a, comme vous savez, la charge du dogue-barbet de Sa Majesté, et qui est mon ami.

— Et pourquoi le roi a-t-il juré son grand Sacre-Dieu ? demanda Crésoki. J'arrive des pays les plus sauvages. Je ne sais rien de ce qui se passe.

— Parce que, cette nuit encore, d'après les rapports du gouverneur de la ville, on a tué quelqu'un dans les rues de Blois. Un gentilhomme normand, M. de Plotinière, venu de la Rochelle pour remettre ès mains du roi, un mémoire de M. l'amiral sur la prochaine guerre des Flandres, a été attaqué par une troupe de mauvais drôles,

des garçons de rivière, paraît-il. Le valet de M. de
Plotinière, qu'ils avaient d'abord assommé, a été
relevé, évanoui, par la garde bourgeoise, et c'est
lui qui a déclaré plus tard le fait au gouverneur.
Quant à son maître, il a disparu.

Maître Troquemarton, qui rôdait autour de la
table, fit un haut-le-corps en entendant le récit de
Mandricart. Il savait à présent à quoi s'en tenir
sur le nom et la qualité du blessé couché dans
son propre lit, à quelques pieds de distance ver-
ticale, puis horizontale, des convives.

— Messieurs, grommela Pétavine, d'un air
plus mystérieux que jamais, je savais aussi bien
que Mandricart l'aventure de cette nuit. Mais ce
que Sa Seigneurie ignore, et ce que je vais lui
apprendre, ajouta-t-il en baissant la voix, c'est le
motif de l'agression dont le huguenot a été
victime.

Un murmure général d'attention, suivi d'un
silence que scandaient seuls les accords que La
Roche tirait négligemment d'un luth presque aussi
haut que lui, accueillit les paroles de Pétavine.

Le nain soupçonneux, s'étant fait verser une
nouvelle coupe de vin, dont il balaya les flegmes
de son gosier, dit enfin :

— Trop parler nuit, et à la cour plus qu'ailleurs. Vous allez en avoir la preuve. J'étais, l'autre jour, dans l'antichambre de la reine-mère, où demoiselles d'honneur et muguets devisaient joyeusement. Marguerite Harlemaine, — vous savez ? la belle Écossaise, — était là, fort courtisée. Et, comme tous ces jeunes gens faisaient force plaintes et doléances sur les rigueurs de la belle : — Voulez-vous que je vous dise, fit-elle tout à coup, à quel vainqueur je me déciderais à accorder mon cœur avec ma main ? — Parlez ! parlez ! s'écrièrent-ils tous. — Eh bien, je n'épouserai, sachez-le bien, dit-elle, que le gentilhomme avisé qui parviendra à réunir, sous les mêmes courtines, M. de Coligny et Jacqueline de Montbel.....

— Qu'est-ce à dire ? s'écria Crésoki, avec plus de surprise que de pudeur offensée ; M. de Coligny amoureux ! à son âge ! Et madame l'amirale ?...

— Crésoki, mon excellent ami, reprit Pétavine, ou le vin clairet vous brouille la cervelle, ou v avez bu l'oubli avec l'hydromel des Polonais : la femme de l'amiral, Charlotte de Laval, est morte à Orléans...

— Oui, mais assez récemment, ce me semble, dit Crésoki.

— Il y a quatre ans, mon cher ami! Il faut venir du pays des ours pour perdre ainsi le souvenir des choses.

— Comme le temps passe! Et quelle est cette Jacqueline de Montbel? demanda Crésoki.

— Apprenez, continua Pétavine, qu'il existe au château d'Entremont, dans les États de M. de Savoie, une veuve encore jeune et fort gracieuse, dit-on, et, par-dessus le marché, extraordinairement riche, Jacqueline de Montbel, dame d'Entremont, baronne d'Anton, veuve de Claude de Bastarnay, tué à la bataille de Saint-Denis, puisqu'il faut vous mettre les points sur les i. Cette veuve s'est passionnément éprise de M. l'amiral, qu'elle a vu l'an dernier à son passage en Dauphiné, et elle a résolu de lui donner sa main, avec ses biens, qui sont immenses. Elle a juré, — je vous cite le mot même de la dame, — d'être « la Porcia de ce Caton »!

— Ah! Et que dit le Caton en question?

— Depuis qu'il est à bouder à la Rochelle, bien que Sa Majesté l'invite sans cesse à venir à la cour, le Caton en question n'a plus qu'un désir, — après celui de nous envoyer, le roi en tête, aider les huguenots flamands à empêcher les Espagnols de boire leur cervoise, — et ce désir, c'est de devenir l'époux de la charmante veuve qui est amoureuse de lui comme s'il avait encore vingt ans, et comme s'il n'était pas aussi balafré que M. de Guise lui-même.

— Me voilà maintenant au fait des amours de M. l'amiral, dit Crésoki. Il ne me reste plus qu'à apprendre, avec ces messieurs, pourquoi mademoiselle Harlemaine promet son cœur et sa main à celui auquel les deux illustres amants devront leur réunion.

— Mademoiselle Harlemaine a deux motifs pour cela. D'abord, elle est fanatique, comme trop de dames du jour, de ce vieux soldat, et par conséquent elle lui souhaite de la félicité. Ensuite, c'est une âme exaltée, et elle rêve d'avoir pour mari un homme signalé par une action éclatante. Or, je vous le certifie, celui qui mènera à bonne fin le mariage de M. l'amiral ne sera pas un gentilhomme qui se mouche du pied, non !

— Il est évident, interrompit Crésoki, que ce mariage-là doit déplaire à une infinité de gens, qui lui mettront dans les roues autant de bâtons qu'ils pourront.

— Il y a d'abord, reprit Pétavine, M. le duc de Savoie, qui, ayant eu vent de la chose, a décrété tout exprès que celui de ses sujets qui se marierait sans son consentement se verrait privé de tous ses biens, immédiatement et sans retour.

— Oui, oui, continua Crésoki, le diplomate pygmée, tout le monde catholique, du pape Pie V au roi d'Espagne Philippe II, a un vif intérêt à ne pas permettre au vieux Gaspard, aujourd'hui à bout de ressources, d'avoir de nouveau à sa disposition les moyens de participer à une troisième prise d'armes de ces maudits parpaillots.

— Tout le monde, poursuivit Pétavine, a donc résolu de ne pas laisser le mariage s'accomplir. Vous connaissez en outre, tout aussi bien que moi, les griefs que gardent depuis longtemps, contre M. l'amiral, les hauts personnages dont nous sépare la rivière de Loire. Monseigneur d'Anjou, par exemple, sait fort bien qui sera mis de côté, oublié, effacé, si les gloires de la guerre de Flandre, promises au roi par Coligny, font oublier Jarnac et Moncontour. Il est donc fort éloigné, pour ne pas dire davantage, de vouloir prêter la main à la réussite d'un projet matrimonial qui, tant qu'il n'est pas réalisé, retient M. de Coligny loin de la cour, et lui fait oublier la Flandre !

— Mais alors, dit Crésoki, le roi ?...

— Le roi, oh ! pour le moment, il met dans Coligny toute sa confiance et manifeste à son endroit la tendresse la plus vive ! Il l'a publiquement déclaré aux envoyés de la Rochelle, MM. Briquemaut, Cavagne et Téligny.

— L'amitié du roi ne fait qu'ajouter à la rage des ennemis de l'amiral, dit Mandricart ; il y a, dans ce château, là-bas, sans citer personne, nombre de courtisans qui seraient charmés de nuire, d'une façon ou d'une autre, au Coligny, en passe de devenir le favori du roi, et, dame ! l'empêcher d'être heureux leur paraît déjà quelque chose de fort agréable et de bien trouvé.

— Donc, malheur à l'imprudent qui osera essayer de leur ravir une satisfaction si légitime, soupira La Roche, en grattant les cordes de son luth.

— Tu l'as dit, poète, reprit Pétavine. Et cet imprudent, ç'a été M. de Plotinière, quand, par devant témoins, il a déclaré à la belle Harlemaine

— mais les amoureux sont tous les mêmes! — qu'il tenterait d'obtenir sa main, en réunissant les deux fiancés qui soupirent chacun de leur côté, avec la France entre eux. Il a eu vite récolté ce qu'il avait semé. Il est mort. C'est la Providence elle-même qui l'arrête en chemin, au moment où il allait servir contre elle le plus terrible des ennemis de l'Église.

Crésoki se signa avec dévotion. Les autres nains l'imitèrent en esquissant, sur le devant busqué de leur pourpoint, un geste qui pouvait être pris, à volonté, soit pour un signe de croix, soit pour une pichenette donnée à une mouche.

Maître Troquemarton, appuyé contre l'un des montants de la treille, réfléchissait, les yeux perdus dans les nuages.

— Rien n'intéresse ces gens-là! dit l'un des petits Polacres, en montrant à ses compagnons le digne hôtelier abîmé dans la contemplation du ciel. Quelle race! On révèle devant eux des secrets d'État et ils bayent aux oiseaux.

En ce moment, un des convives, qui n'avait encore desserré les dents, ou du moins ce qui lui en restait, que pour manger, fit entendre sa voix aigre et chevrotante.

C'était le vieux Romanesque.

Il avait écouté les discours de ses camarades en tressant les poils blancs de sa moustache à la mahométane.

— Messieurs, dit-il, permettez à un vieillard de vous étonner. Je suis instruit d'un petit fait qui, je le vois, n'est pas encore arrivé à la connaissance de maître Pétavine. Ce petit fait a bien son importance, vu qu'il explique le degré d'irritation où sont portés depuis peu d'illustres esprits : — Jacqueline de Montbel et M. de Coligny sont mariés depuis huit jours.

Une exclamation unanime d'étonnement, mêlée de grognements dubitatifs, salua cette nouvelle.

— Je vous dis l'exacte vérité, continua Romanesque. Le vieux Gaspard Coligny a fait épouser en son nom la dame d'Entremont par un seigneur de son voisinage. En un mot, il s'est marié, lui, simple gentilhomme, par ambassade, comme ont seuls le droit de le faire les princes, et cela a fortement scandalisé MM. de Lorraine et la reine-mère.

— M. l'amiral a beau se faire appeler Gaspard Ier, il n'est point encore roi de France, pourtant! murmura La Roche. Il se repentira

d'empiéter ainsi sur les prérogatives des princes
du sang! Oui, il s'en repentira!

Ayant achevé cette phrase, le doux musicien,
qui semblait s'être fait une spécialité des prédic-
tions sinistres, pinça de nouveau les cordes de
son luth.

—Oui, mais, reprit le vieux Romanesque,—car
il y a un mais,— bien qu'unis, les époux ne sont
pas encore réunis. M. de Savoie surveille de près
l'épousée et son château, dans les Alpes, et d'un
autre côté, M. l'amiral ne se hasardera pas à
traverser la France pour venir l'y chercher.
Telle est la situation. Il faudra que la dame
d'Entremont se transforme en oiseau si elle veut
aller rejoindre son mari à la Rochelle. J'ai dit.

— Allons, allons! voici le soleil qui s'en va,
messieurs, et nous l'oublions, cria tout à coup
Merlin, nain bouffi et ventru. Assez de politique! Il est temps de retourner au château, ou
gare les étrivières!

A ce mot redoutable, la bande dégringola subitement des hauteurs conjecturales où voguaient
ses esprits pour retomber dans la plate réalité.

L'heure du départ était arrivée à grands pas,
en effet, et déjà sur la rivière une brume légère

flottait. On se hâta de boire le coup, non de l'é-
trier, mais de l'embarquement, à la mémoire
vénérée des camarades défunts et des aînés illustres : Thony dit la Farce, le Greffier de Lorris,
des Rosières et l'immortel Brusquet. Puis la
troupe bizarre quitta le cabaret de maître Troquemarton, après avoir félicité celui-ci sur l'excellence de son repas.

Pendant que les nains de la cour étaient de
nouveau portés à bras dans leur embarcation par
les valets respectueux, et tandis que la barque
s'éloignait du bord avec son chargement assurément unique, maître Troquemarton, suivant de
l'œil le sillage qu'elle laissait derrière elle, murmurait :

— Mon ami Dupré, gouverneur du dogue-barbet de Sa Majesté recevra ce soir ma visite. Pour
l'instant, allons porter à souper à mon jeune
blessé, qui sera frais et gaillard dans quelques jours,
d'ailleurs, et qui m'est devenu cher comme un fils,
depuis que je le sais l'un des familiers (ici maître
Troquemarton ôta son toquet blanc avec un
grand respect) de M. l'amiral, que Dieu sauve !

IV

LE PAGE CHARLOT

Ce soir-là même, une heure avant la sonnée du couvre-feu, le sieur Dupré, gouverneur du dogue-barbet de Sa Majesté, reçut effectivement la visite de son vieil ami Troquemarton.

Le cabaretier trouva le sieur Dupré en compagnie d'un jeune homme très pâle, d'aspect grêle, âgé d'une vingtaine d'années environ, qui avait les cheveux roux, et dont les yeux saillants étaient d'un ton verdâtre.

Ce jeune homme très simplement vêtu de noir, avec une étroite fraise blanche au cou, semblait être un page. Signe particulier : il portait la tête inclinée en avant sur une épaule, comme Alexandre le Grand.

En apercevant cet inconnu chez l'ami qu'il croyait rencontrer seul, maître Troquemarton fit un pas discret en arrière, avec un geste qui signifiait : J'arrive en importun, sans doute ?

Mais il fut ramené en avant par ces paroles du sieur Dupré :

— Entrez, maître Joas (Joas était le petit nom du cabaretier), entrez, mon ami ! Vous ne nous dérangez pas ; Monsieur est un page de la chambre, que Sa Majesté m'envoie tous les soirs pour lui donner des nouvelles de ses chiens en général, et de son dogue-barbet Hercule, en particulier.

Entre ·parenthèses, les chiens en question, dont les abois incessants se faisaient entendre dans les chenils des communs du château, derrière le logis du sieur Dupré, témoignaient en ce moment, à pleine gueule, de leur excellente santé, à en juger du moins par la solidité de leurs poumons.

Ainsi invité, maître Troquemarton se décida à pénétrer dans le logement du sieur Dupré, et les deux grands amis se serrèrent la main.

Puis le sieur Dupré dit :

— Je parlais justement de vous à monsieur un instant avant votre arrivée, mon bon ami. Je lui disais que les bateliers d'aval et d'amont ne passent jamais devant votre cabaret sans échanger avec vous quelque parole, ce qui fait que les nouvelles, de tous les coins de la contrée, vous parviennent avec une rapidité extraordinaire.

— Cela est vrai, répondit Troquemarton, les
orages et les nouvelles descendent ou montent la
rivière ; or ceux qui habitent sur ses bords, et
je suis du nombre, ont la primeur des uns et des
autres.

— Alors, mon bon ami, j'avais l'honneur de
dire à monsieur... Charlot, qui me questionnait
au sujet de l'événement de la nuit dernière...

— La disparition de M. de Plotinière ?

— Là ! vous l'entendez, monsieur Charlot ! —
Mon ami Troquemarton sait l'affaire comme
vous et moi, bien qu'il habite de l'autre côté de
la Loire. J'avais donc l'honneur de dire à monsieur, mon bon Joas, que j'irais vous demander
des nouvelles de M. de Plotinière. On a dû le
jeter à l'eau, à ce que dit son valet, et je me
figurais que son corps aurait pu être aperçu par
quelqu'un de vos clients habituels. Or, je suis
certain, et je prenais la liberté de l'affirmer à
M. Charlot, que si vous avez appris quelque chose
touchant le sort mystérieux de ce malheureux
gentilhomme, vous vous empresseriez de m'en
informer. Mais vous voilà. Parlez, Joas.

— Je le ferais avec plaisir, si je croyais...

— Mon ami Joas, sachez encore que Sa Majesté

s'intéresse tout particulièrement à M. de Plotinière, parce qu'il est — ou parce qu'il était,
hélas ! puisqu'il est mort — l'un des amis de
M. de Coligny. Sa Majesté a résolu de le venger, et de punir avec la dernière rigueur les meur-
triers de ce jeune homme infortuné ; vous pouvez
donc parler sans crainte.

Le jeune page auquel le sieur Dupré donnait le
nom de Charlot, se leva du siège sur lequel il était
assis à califourchon, et dit d'une voix aiguë et
tremblante de colère :

— Je-renie-Dieu ! Dupré ! Les auteurs du meurtre de M. de Plotinière n'en seront pas les bons
marchands, quel que soit leur rang ! Tuer un
des hôtes du château ! l'ami, le fidèle l'envoyé du
meilleur et du plus sincère des conseillers du roi !
du grand Coligny, son maître en fait de guerre ! Et
cela au moment où..... le roi Charles donnerait
volontiers un an de sa vie pour que M. l'amiral
voulût bien enfin se rendre à sa cour ! Par la mort-
Dieu ! Dupré, ils mourront, je te le dis.

— Monsieur Charlot, répondit doucement Dupré, vous avez effrayé maître Troquemarton !...
Rassurez-le ; le bon homme n'est pas habitué au
fier langage des gens de guerre.

— Parle, l'ami, parle ! reprit avec moins de fougue le page dont la poitrine étroite se soulevait précipitamment encore. Parle, et ce que tu diras, je le transmettrai... au roi, qui saura reconnaître ton dévouement à la personne des plus francs amis qu'il ait jamais eus, c'est-à-dire M. l'amiral et les siens !

Maître Troquemarton avait écouté avec une surprise croissante la véhémente apostrophe du page, et, le cerveau traversé d'une idée subite, il lança au sieur Dupré un clin d'œil que celui-ci comprit tout de suite, car il y répondit à l'instant par un autre clin d'œil qui signifiait clairement :

— Tu as deviné le nom et le rang de celui qui jure de la sorte ici ? bien ; mais n'en témoigne rien, et hâte-toi de parler comme on te le commande.

Alors, maître Troquemarton, se sachant en présence de Charles IX en personne, et le voyant en aussi bonnes dispositions à l'égard du blessé endormi chez lui au moment même où il parlait, se mit à raconter sa pêche miraculeuse de la nuit précédente, et comment M. de Plotinière était encore vivant.

— La blessure n'est rien, dit-il en terminant son récit ; le sang qu'il a perdu l'a affaibli, mais

il sera bientôt remis sur pied, et prêt à entreprendre, pour le service de Sa Majesté, tout ce que le
roi jugera à propos d'ordonner.

Le prétendu page Charlot, pensif, le dos voûté,
la tête en avant, avait, en écoutant les paroles de
maître Troquemarton, l'air d'être vieilli tout à
coup de vingt ans. De profondes rides s'étaient
creusées entre ses sourcils.

La lueur d'une lampe, allumée par le sieur
Dupré pendant la conversation, éclairait la face
triste et blafarde du morne auditeur, dont les lèvres minces et blanches tombaient comme affais-
sées.

Quand maître Troquemarton se tut, il sembla
se réveiller et dit d'un ton traînant :

— Dupré, je crois que le moment est venu
d'aller dire au roi que son chien favori, Hercule,
se porte à ravir et qu'il est prêt, comme d'habitude, à étrangler les méchants qui l'entourent,
s'ils faisaient seulement mine d'en vouloir à son
maître.

— Vous ferez bien de rentrer au château, en
effet, dit le sieur Dupré. On pourrait commenter
votre absence prolongée, dans le cabinet de Sa
Majesté.

— Alors, bonsoir, Dupré! fit le page en se dirigeant vers la porte.

Au moment de sortir, il se retourna vers les deux amis, et, s'adressant à maître Troquemarton :

— L'ami, vous pouvez dire à M. de Plotinière que Sa Majesté — c'est mon avis, mon avis personnel et il n'engage en rien le roi — serait, je crois, satisfaite de le voir réussir dans ce qu'il a entrepris pour mériter l'amour de mademoiselle Harlemaine. Seulement, que M. de Plotinière garde cela pour lui. Il est bavard, très bavard, M. de Plotinière! et cela ne lui a pas porté bonheur! Qu'il soit plus réservé à l'avenir! qu'il ne dise pas ainsi sa pensée; au contraire! — Sur ce, bonsoir, Dupré. Adieu! l'ami.

Ayant dit ces mots, le page Charlot sortit du logis du sieur Dupré, d'un pas léger et nerveux, redressant sa taille, le poing sur la hanche.

— Vous avez entendu, Joas? reprit Dupré.

— Oui, certes!... Quel cœur fier et généreux!

— Chut!

— Il aime l'amiral comme un père!

— Hum!... oui, oui, répondit évasivement le sieur Dupré. En tout cas, il tient, c'est clair, à ne pas lui être désagréable... pour le moment.

Et il reprit, après une pause :

— Vous avez bien compris, Joas, qu'il vous chargeait de dire à M. de Plotinière que rien ne pourrait lui plaire autant que d'apprendre que la dame d'Entremont, enlevée de son château, a rejoint Coligny.

— Oui, j'ai compris, dit Troquemarton, et il lui recommande en même temps d'agir de ruse.

— Ce à quoi il tient surtout, j'en suis sûr, continua Dupré, baissant la voix, c'est à n'être pour rien dans l'affaire, en apparence du moins. Dans l'entretien que nous avions ensemble avant votre arrivée, il m'a laissé entrevoir le chagrin où il était, par suite de la mort de l'entreprenant M. de Plotinière, de ne pas voir M. l'amiral en passe de jouer cet excellent tour à sa mère,— aux princes lorrains, — au pape, — à M. de Savoie qui tranche de l'arbitre dans toutes les affaires, — à son frère, le héros de la dernière campagne,— au roi d'Espagne, — enfin à tous ceux qui haïssent Coligny, Coligny pour lequel il a affiché depuis peu une tendresse bruyante. J'en conclus que, si le tour était joué de façon que personne ne pût lui reprocher d'y avoir participé, il en serait absolument ravi. —

— Bon ! Je vais retourner à mon ermitage, et

communiquer ces bonnes paroles au pauvre garçon
qui se morfond là-bas. Ah! en venant ici, maître
Dupré, vous demander conseil, je ne m'attendais
guère à lui rapporter de si agréables nouvelles.
M. de Plotinière croyait avoir déplu au roi en
formant ce dessein de servir M. l'amiral.

— L'homme est sujet à l'erreur, dit senten-
cieusement le sieur Dupré. Retournez donc à
votre logis, Joas; cherchez, inventez, trouvez avec
votre blessé un moyen d'arriver sans bruit à
votre but, et, si vous avez besoin de mon aide
personnelle ou de mes services auprès de celui
dont les chiens que je garde m'ont fait le favori,
et, parfois, le confident muet et dévoué, ne négli-
gez pas d'user de moi. Je ne suis pas du parti de
l'amiral, vous le savez, parpaillot que vous êtes;
mais j'ai quelque amitié pour mon roi, ou plutôt
pour ce jeune homme maladif, que personne
n'aime, — pas même Marie Touchet, attendu
qu'elle le trompe avec le chevalier de Montluc, —
et je voudrais trouver l'occasion de lui faire plaisir.

— Il sera fait selon votre désir, mon grand
ami. A bientôt!

Maître Troquemarton fit demi-tour sur ses talons en prononçant ces mots, et se dirigea du

côté de la porte. Mais, se ravisant sur le seuil, comme avait fait le roi, il revint vers son point de départ, en disant :

— J'allais oublier, vieux cœur de cuir racorni que je suis, deux choses dont M. de Plotinière m'a vivement recommandé de m'informer. Qu'a dit mademoiselle Harlemaine en apprenant le meurtre de son « servant », et puis, qu'est devenu son valet blessé ?

— Pour le valet, répondit le sieur Dupré, je sais qu'il a été recueilli chez M. Téligny, où il est soigné. Quant à la belle Écossaise, on ne m'a rien appris sur son compte. Si je rencontre ce diable incarné qui s'appelle Crésoki, je lui tirerai les vers du nez à ce sujet, et je vous ferai part du résultat de mon interrogatoire.

— Voilà une réponse qui ne satisfera guère mon malade. Enfin !... — Allons, adieu, compère, et, cette fois, pour tout de bon.

Et maître Troquemarton, ayant définitivement pris congé de son ami, quitta le logis du gouverneur du dogue-barbet de Sa Majesté.

V

LE CABINET DE LA REINE MÈRE

Pendant que maître Troquemarton traverse d'un pas assuré les cours des communs du châeau, en homme pour qui le sérail n'a point de détours inconnus, et les barrières franchies, descend les rues qui mènent à la rivière où l'attend son bateau, pénétrons un instant dans la chambre de la reine mère. Le pseudo-page Charlot y entre en ce moment pour saluer sa mère et lui souhaiter une bonne nuitée.

Il y a foule encore dans la chambre de Catherine de Médicis.

Les chambrières aident les demoiselles d'honneur, qui sont de service, à ranger les ouvrages d'étoffes de soie dont on s'est occupé tout le jour. Les tables en sont chargées.

Près de la cheminée où flambent des sarments, car les soirées sont déjà fraîches, se tient debout M. le duc d'Anjou.

Celui qui sera Henri III est alors aussi beau de visage et de teint aussi frais qu'il deviendra laid plus tard avec sa face plombée. Il sourit à sa sœur, la future reine de Navarre, Marguerite, déjà grasse, bien qu'elle n'ait que dix-huit ans, et dont la tête rieuse, aux yeux étincelants, sort d'un vaste et triple collet de point de Venise. Aux pieds de la belle Marguerite est couché le jeune duc d'Alençon, à peine adolescent, qui berce, malgré ses cris plaintifs, une des guenons de la reine mère.

La sévère madame de Curton, gouvernante de Marguerite, et deux autres dames, revêches et pincées, surveillent les allées et venues des demoiselles d'honneur et des chambrières.

Catherine de Médicis, coiffée du bonnet des veuves, qui encadre à merveille sa figure massive et d'un blanc mat, mais non point vêtue de la robe de velours noir traditionnelle, car elle n'arbore le grand deuil que dans les occasions solennelles, est assise à l'italienne sur une pile de carreaux. Elle tresse en nattes multicolores des écheveaux de soie dont les ondes brillantes se répandent sur ses mains, qu'elle a toujours très belles, en dépit de l'âge.

En voyant entrer le roi, devant qui s'écartent, en haie, et soudain silencieuses, les nombreuses femmes qui remplissaient la chambre du bruit de leur babil à mi-voix et de leurs rires étouffés, Catherine sourit, et, de l'air le plus affable, demande à son fils s'il ne craint point d'être, une nuit ou l'autre, pris à parti, dans les chenils du château, par quelque valet ivre et querelleur.

— Vous êtes resté si tard, ce soir, chez maître Dupré, mon fils !

— Cette sollicitude pour notre personne nous va au cœur, madame. Nous étions effectivement chez maître Dupré, seul, ou du moins sans savoir que des yeux affectueux nous y avaient secrètement accompagné. — Dupré nous donnait des nouvelles de l'un de nos amis les plus sincères et les plus dévoués.

— De qui Dupré vous parlait-il ? du cardinal ?

— Il nous parlait d'Hercule, notre chien favori. ne vous en déplaise, madame.

Catherine rougit légèrement en entendant la brutale réponse du roi, laquelle fit sourire le jeune d'Alençon et rire tout haut le duc d'Anjou.

L'air gai du prince excita un léger murmure joyeux parmi les charmantes jeunes filles qui pliaient les soieries étalées sur tous les meubles ; mais, un regard noir de la reine mère l'éteignit subitement.

Si le cardinal de Lorraine comptait une amie dévouée en Catherine de Médicis, en revanche, il ne semblait guère aimé par les autres personnes présentes.

— Le brave Hercule prend de l'âge et n'est pas aussi bien que nous pourrions le désirer, reprit Charles IX. Si ce malaise continue, il faudra songer à le remplacer. Dupré nous a parlé d'une splendide bête des montagnes du Dauphiné. Nous comptons envoyer Dupré l'examiner là-bas, avec mission de la ramener au Louvre, si toutefois M. de Savoie veut bien permettre au roi de France de choisir un chien sur ses frontières.

— Mon frère, dit le duc d'Anjou, Votre Majesté sait que M. de Savoie a déjà bien assez de surveiller les menées de M. l'amiral.

Catherine regarda en souriant son fils favori.

Charles IX pinça ses lèvres minces et répliqua, en s'adressant à sa mère :

— Puisque le nom de notre vénéré serviteur éclôt dans la conversation, permettez-moi, madame, de vous faire remarquer combien la légè-

reté de vos filles d'honneur croît tous les jours.
Nous devons être très ménagers du sang des gentilshommes de ce royaume, quelle que soit leur
croyance. Nous pensons qu'ils ne doivent pas
s'exposer à le répandre pour le bon plaisir de ces
demoiselles. La disparition de l'un d'eux, M. de
Plotinière, prouve qu'il y a dans votre entou-
rage, ma mère, des personnes dont l'influence
leur est funeste. Il est à supposer que vous
cesserez, momentanément, de garder près de
vous, celle de ces personnes qui semble avoir, par
son imprudence, causé indirectement la mort
d'un courageux cavalier venu de Blois sur la foi
des traités.

— Sire !... dit tout à coup un personnage enveloppé d'une longue simarre, et dont la tête
émergea de l'ombre près de la cheminée.

— Qui m'interrompt quand je parle ? s'écria
impatiemment Charles IX.

L'interrupteur, qui n'était autre que M. de
Birague, alors garde des sceaux, l'ami et le
compatriote de la reine mère, baissa sa tête de
renard sinistre sous cette rude apostrophe, et ren-
tra dans le coin obscur où il s'était tenu depuis
l'arrivée du roi.

— Ah! c'est vous, monsieur le garde des sceaux, reprit le roi d'une voix plus mesurée. Eh bien! que voulez-vous nous dire?

— Sire, n'en déplaise à Votre Majesté, le sieur de Plotinière a été attaqué par de vulgaires tire-laine. C'est le porteur d'une riche escarcelle et non le porteur du Mémoire de M. l'amiral qu'on a assailli. M. de Téligny en est persuadé lui-même.

— Nous vous croyons, monsieur de Birague, nous vous croyons, répondit Charles IX.

·Mais le ton démentait la parole et signifiait qu'il ne le croyait nullement; en effet, sa police particulière lui avait signalé la présence de son frère naturel, Henri, chevalier d'Angoulême, bâtard de Henri II, parmi les assassins.

Le roi s'adressant alors à la reine mère :

— Quoi qu'il en soit, continua-t-il, je crois nécessaire que la jeune dame dont les yeux — et les paroles — ont été mortels à ce pauvre Plotinière (dont Dieu ait l'âme!) aille faire une retraite de quelques semaines chez ses parents, à Poitiers. Elle y apprendra à peser ses paroles.

Pendant que le roi parlait, Marguerite Harlemaine, immobile, blanche comme une statue de

plâtre, voyait, une à une, ses compagnes l'abandonner comme si elle eût été une pestiférée. Elle
était en disgrâce. Cela revenait au même. On ne
pouvait plus que la fuir. Mœurs de cour. Et
puis, sa beauté, sa grâce, son enthousiasme à
l'égard du général des confédérés lui avaient fait
déjà beaucoup d'ennemies parmi les demoiselles
d'honneur. On saisissait avec bonheur l'occasion
de le lui témoigner, avec l'approbation royale.

La reine mère, qui, d'ailleurs, n'aimait guère
la belle Marguerite, lui lança un regard mauvais
et dit sèchement :

— Mademoiselle Harlemaine a entendu. Elle
obéira. Commencez donc dès ce soir vos prépa-
ratifs de départ, ma fille.

La pauvre enfant inclina la tête en signe d'ac-
quiescement, et, sans bruit, à peine regardée par
ses compagnes, se retira d'un pas chancelant, les
larmes aux yeux.

Le roi prit alors congé de sa mère en baisant
filialement ses belles mains ; puis il sortit de l'ap-
partement d'un pas grave, après avoir salué ses
frères et sa sœur d'un geste plus machinal qu'affectueux.

Quand les gentilshommes, qui l'attendaient

dans l'antichambre en taquinant les nains, revirent leur maître, Charles IX souriait.

Le sourire royal dérida tous les fronts, et chacun s'empressa de simuler une gaîté qui allait jusqu'à l'hilarité, pour se mettre à l'unisson de la bonne humeur de Sa Majesté très chrétienne.

VI

LE VIN DE PRÉPATOUR

Quelques jours après la visite de maître Troquemarton à son ami le gouverneur du dogue-barbet de Sa Majesté, ce fonctionnaire quittait la cour avec ordre d'aller choisir en Dauphiné le successeur futur du vieil Hercule, le chien favori du roi. A la même époque, M. de Téligny reprenait le chemin de la Rochelle. Il avait hâte, disait-on, de revoir sa fiancée, la fille de Coligny.

Le lendemain de ces départs, les grands apprirent dans les antichambres du château où ils passaient la plus grande partie de leur existence, une nouvelle qui fut oubliée presque aussitôt que sue, après avoir été commentée un instant, à savoir que le roi envoyait au vieux pape Pie V, repris de ses gouttes, et qui courait la poste du côté de la tombe, un tonnelet du fameux vin blanc, léger et diurétique, du clos royal de Prépatour, alors célèbre dans le Vendômois. C'était un vin précieux, et digne, comme disait M. de Ronsard en ses excellentes poésies, « d'être bu à la troupe dans une coupe d'or. »

Pendant que les grands apprenaient avec assez d'indifférence la nouvelle de cet envoi, les petits, c'est-à-dire les nains de la cour, apprenaient au contraire avec un vif émoi que maître Troquemarton et Furet, son galopin de cuisine, appelés subitement au chevet d'une parente éloignée, avaient dû abandonner le cabaret de la rivière, pour quelques semaines, aux soins d'une brave femme propre à servir à boire aux mariniers de Loire, sans doute, mais absolument incapable de préparer le civet de lamproie aux prunes sèches que l'on sait.

Cette nouvelle les frappa d'un coup en plein cœur. Pétavine en fut particulièrement atteint. Il ne mangeait, ne buvait, et ne parlait sans crainte que chez maître Troquemarton.

L'absence du cabaretier le navra donc au delà de toute expresion.

Maintenant, abandonnons à elle-même la bonne ville de Blois, et rejoignons an delà de Moulins, le chariot chargé d'un baril du vin royal de Prépatour envoyé au pape, et qui se dirige, à petites journées, sur Lyon.

Au moment où nous l'apercevons, il est péniblement arrivé au faîte d'une côte assez rude.

La nuit tombe.

Afin d'aider aux chevaux, le charretier qui conduit l'attelage percheron du rustique véhicule a mis pied à terre ainsi qu'un moine à la mine truculente, frère Abdon, des Guillemites ou Blancs-Manteaux, lequel doit accompagner le vin jusqu'à Rome, et est porteur d'une lettre autographe de Charles IX au Saint-Père.

De chaque côté du chariot trottent deux soldats aux gardes convenablement montés. Ces deux cavaliers ont pour mission d'escorter le vin et de rassurer le moine, car frère Abdon, des Guillemites, trouve que les populations sont singulièrement démoralisées par les guerres, et que son habit inspire aussi peu de vénération aux catholiques qu'aux calvinistes.

Il est de fait que ce long moine blanc, avec sa tête cramoisie, rappelle à tous une mouillette de pain, dont une des extrémités aurait été trempée dans le vin, ce qui fait rire les personnes promptes à saisir les ressemblances.

En outre, frère Abdon n'aime pas la venue de la nuit. Depuis qu'on a quitté Blois, il a eu le soin de faire en sorte que l'arrivée au gîte quotidien s'effectuât, chaque jour, avant la tombée des ténèbres. Mais pour la première fois, la nuit vient et l'on se trouve loin encore du lieu où l'on doit souper et coucher.

Frère Abdon, comme beaucoup de personnes, du reste, tient à sa douce existence. La faveur de la reine mère l'a fait, depuis un an, cellérier du clos de Prépatour, et c'est encore elle qui l'a proposé à son fils pour accompagner le vin qu'il a expédié à Rome. Frère Abdon est donc très heureux et très glorieux.

Mais sa gloire lui paraît lourde et son bonheur perd de sa saveur, quand il voit approcher l'heure où, sur les routes désertes, ne circulent plus que les traînards des troupes allemandes et suisses, renvoyées dans leurs foyers par les généraux royalistes et confédérés.

Donc la nuit est venue, sans étoiles, et frère Abdon, le ventre creux, sent déjà la main froide de la peur se glisser entre ses épaules charnues.

Il prie à voix base le charretier de presser un peu les chevaux, et donne aux cavaliers l'ordre de se rapprocher de la voiture, dans la paille de laquelle il se blottit.

On est près, justement, d'un petit bois, que le moine trouve infiniment trop touffu, posté comme il l'est, d'une façon désagréable au bord de la route.

Frère Abdon voudrait rapidement dépasser ce petit bois de vilain aspect; jamais les chênes et les hêtres ne lui ont paru avoir une mine aussi revêche.

Il le couve d'un œil ardent, quoique trouble.

Tout à coup, il lui semble voir certains arbres se détacher de la masse générale et se mouvoir lentement en avant du chariot.

D'abord il croit à une illusion de ses sens affaiblis par un jeûne qui n'était pas sur le calendrier, mais qui résulte de la longueur de l'étape.

Bientôt, il est convaincu qu'il n'est pas le jouet d'un songe, en voyant l'ombre épaisse que le petit bois projette devant lui, sur la route, s'étoiler soudain de nombreuses lueurs rouges, qui ressemblent fort aux feux ravivés de mèches d'arquebuses.

Comme il fait cette réflexion pénible, une voix forte et brève crie brusquement :

— Halte !

A l'ordre de s'arrêter, proféré d'un ton militaire, les deux soldats aux gardes, qui sommeillaient sur leurs chevaux, s'éveillent, et beaux d'obéissance passive, retiennent leurs bêtes avec un ensemble et une précision qui leur auraient fait grand honneur, s'ils avaient été à la parade. Mais ils n'étaient pas à la parade.

Le temps de revenir de leur erreur ne leur fut pas donné. On leur fit vider les étriers, et ils se trouvèrent sur le dos, dans la crotte de la route, avec un pistolet sur la gorge, avant qu'ils eussent secoué la torpeur qui les avait envahis en montant la côte au pas.

A côté d'eux, et dans la même situation physique et morale, se trouvaient déjà frère Abdon qui jurait comme un seigneur et le charretier qui récitait tout haut une prière.

Une bande d'êtres aux costumes mi-partie civils et militaires entourait les vaincus gisant sur le sol.

— Pas un mot, ou vous êtes morts ! reprit la voix qui avait éclaté, tout à l'heure, aux oreilles de frère Abdon, terrible comme la trompette du jugement dernier.

Les grognements des soldats, les jurements de frère Abdon et les marmottements du charretier s'éteignirent aussitôt.

Et la voix menaçante continua :

— Pas de résistance. On va vous mener dans un agréable endroit. Vous y resterez enfermés pendant quelques jours, mangeant bien et buvant du meilleur. A cela se bornera votre supplice. Toute tentative d'évasion sera récompensée d'une balle dans la tête. Allons! de la soumission, du silence et de la gaîté! — Et maintenant, qu'on les déshabille!

L'opération commandée fut exécutée avec une prestesse remarquable par la bande que conduisait l'homme dont le bel organe semblait si désagréable à frère Abdon.

Le digne membre de l'ordre des Guillemites fut bientôt en chemise comme ses trois compagnons. On leur jeta des nippes quelconques, qu'ils se hâtèrent d'endosser, sans en examiner les coutures, vu la fraîcheur de la soirée.

Quand ils furent de nouveau vêtus, l'ordre fut donné de les emmener, après les avoir toutefois ficelés aux mains, comme le sont aux pattes les poulets qu'on porte au marché; ce qui fut fait.

Un instant après ils enfonçaient, ainsi que leurs gardiens, sous les ramures ténébreuses du petit bois dont frère Abdon s'était si sagement défié.

Cinq personnages restèrent sur la route, auprès du chariot abandonné, dont les chevaux des soldats aux gardes arrachaient la paille, philosophiquement.

L'un des cinq personnages, celui dont la belle voix avait seule résonné pendant l'affaire, alla détacher un cheval qui broutait sur la lisière du bois, l'enfourcha, et dit, tout en rassemblant les rênes :

— Mon bon Joas, vous avez maintenant tout les costumes. Vous savez vos rôles. Vous n'avez donc plus qu'à jouer le reste de la comédie. Pour moi, je file en avant, afin d'éclairer la route et pour annoncer votre venue, si faire se peut, d'une façon ou d'une autre. Adieu, mon père.

On lui répondit en riant :

— La paix soit avec vous, mon fils. Pour nous, humble pêcheur, nous allons revêtir la défroque laissée ici par les Philistins ; après quoi nous continuerons notre route incontinent. Amen ! et bon voyage.

Le cavalier rendit la bride et partit au grand trot, laissant ses quatre compagnons au milieu de la route.

Après son départ, et tandis que le bruit des fers de son cheval se perdait dans le lointain, celui qui avait parodié le ton nasillard d'un révérend père en Dieu, reprit vivement :

— Vite, échangeons nos habits contre ceux-ci, et hâtons-nous de nous remettre en route avec le chariot.

Une voix jeune et douce demanda alors :

— Vous prenez le froc, maître Troquemarton ?

La voix sonore s'écria :

— Ah ! monsieur, si vous ne perdez pas la compromettante habitude de donner le nom d'un cabaretier hérétique au digne frère Abdon que je vais être dans quelques secondes, vous risquez fort de ne jamais épouser mademoiselle Harlemaine.

— Étourdi que je suis, en effet ! — Je disais donc, frère Abdon, que je vais endosser l'habit d'un des soldats aux gardes, tandis que...

— Tandis que votre écuyer Largoulet s'affublera de l'autre uniforme. Quant à Furet...

— Présent, patron ! — Me voici, mon père,
veux-je dire.

— Tu feras le charretier. Tu nous conduiras.

— Avec plaisir. Je sais déjà que ce qu'il faut
savoir le mieux avec les attelages, c'est ce qu'il
faut éviter en cuisine. Faire tourner, même bien,
les sauces est mauvais. Avec les chevaux, c'est
tout le contraire.

— Silence, bavard !

Et, sans en dire davantage, les quatre compagnons, sur l'identité desquels, entre paren-
thèses, le lecteur doit avoir de forts soupçons, pro-
cédèrent à leur métamorphose, à la lueur de la
lune qui venait de se lever.

La substitution des vainqueurs aux vaincus fut
complète au bout de quelques minutes.

Maître Troquemarton faisait le plus respectable Blanc-Manteau qu'on pût trouver. Son
teint était moins enflammé que celui du person-
sage auquel il succédait dans ses robe et fonctions, mais il ne manquait pas d'un certain ver-
millon sur le nez et les joues. Furet avait l'air
d'avoir été conducteur de chariot toute sa vie et
ne sentait nullement le gâte-sauce monté en
grade.

Quant aux deux nouveaux acteurs de ce récit, dont il n'a encore été que parlé jusqu'à présent et qu'on n'a point encore vus, M. de Plotinière et son valet Largoulet, ils remplaçaient, en les faisant oublier par leur bonne mine, les deux soldats aux gardes commis par le roi à la protection du vin et du moine.

La toilette achevée, on se mit en route. Maître Troquemarton monta dans le chariot avec Furet, et les deux soldats improvisés chevauchèrent de chaque côté du rustique équipage.

Le reliquat de vêtements provenant de la transmutation à laquelle on vient d'assister avait été soigneusement caché dans un taillis épais.

Une heure plus tard, le vin de Prépatour et son cortège arrivaient à l'hôtellerie où le pauvre frère Abdon, — Abdon l'Ancien! — avait si bien compté passer la nuit, moelleusement étendu dans un bon lit, après avoir dit les grâces sur les reliefs d'un excellent repas.

Hélas! Abdon Premier, — qui n'avait pas mal soupé d'ailleurs, — était en ce moment-là, lui dixième, interné dans une hutte de charbonniers, à une lieue environ de l'endroit où on l'avait si brusquement séparé du tonnelet de vin destiné à soulager les reins du pape.

VII

UNE RENCONTRE

L'envoi du vin de Prépatour, disons-le pendant que les voyageurs sont endormis, avait été imaginé par maître Troquemarton, qui en avait fait part au sieur Dupré, lequel en avait référé au roi lui-même.

Charles IX, sans demander aucune espèce d'explications sur le motif secret et sur le but caché du cadeau qu'on le priait de faire au souverain pontife, avait promis d'expédier sous peu un baril de Prépatour, orné des armes royales, et accompagné d'un envoyé spécial qui serait chargé d'une lettre destinée à lui servir de sauf-conduit en tous lieux.

Puis, changeant de conversation, il avait, en même temps, de l'air le plus indifférent du monde, suggéré au sieur Dupré l'idée d'aller dans le Dauphiné choisir un successeur à ce pauvre Hercule.

Le sieur Dupré avait compris que liberté entière lui était donnée de quitter son service, et d'entreprendre ce qu'il jugerait convenable de faire pour la réussite des projets que Troquemarton et lui avaient formés, et il avait assuré le roi de son entier dévouement.

C'est après avoir eu cet entretien avec son fidèle serviteur, que Charles IX avait négligemment annoncé à la reine mère son intention, sur le bruit qui courait d'une rechute de Pie V, d'envoyer à Sa Sainteté le jus bienfaisant de ses vignes vendômoises.

Catherine, étonnée et croyant deviner, en y réfléchissant, que son fils espérait ainsi faire transmettre au pape quelque instruction mystérieuse, avait aussitôt résolu de faire accompagner ce cadeau inattendu par quelqu'un qui fût à sa dévotion. Elle avait donc aussitôt désigné frère Abdon comme un envoyé tout à fait recommandable en pareille circonstance.

Charles IX pensa en lui-même qu'il était sans doute fort égal au sieur Dupré et à ses amis que ce fût frère Abdon ou un autre qu'on chargeât de conduire le vin, et il consentit à gratifier frère Abdon de la mission réclamée pour lui par Catherine.

Et, cela fait, il était allé sonner du cor à s'en fendre les lèvres dans une des salles basses du château.

Tout en sonnant, il avait fait cette réflexion :

— On dit que tous les chemins mènent à Rome. Je doute pourtant que celui que va prendre le vénérable frère Abdon le conduise jamais dans la Ville éternelle !

On a vu plus haut comment les événements n'avaient pas démenti le roi.

Le lendemain, au point du jour, M. de Plotinière qui ne se ressentait plus du tout de sa blessure ni de sa noyade, se réveilla au chant des oiseaux.

Il sourit, puis il pensa à la belle Marguerite en soupirant. Il avait appris la disgrâce où elle était tombée, et plaignait la belle créature de tout son cœur, bien qu'il ne lui parût pas que mademoiselle Harlemaine eût été suffisamment affligée par la nouvelle de sa mort.

Mais pouvait-il exiger des regrets éternels de la ravissante fille qui ne l'avait eu pour *servant* déclaré que pendant quelques heures ?

Et puis, sans elle, sans son admiration enthousiaste pour Coligny, songeait-il, il ne lui serait

peut-être jamais venu à l'esprit de rendre au chef
vénéré de son parti ce grand et signalé service.

Et reconnaissant qu'il lui était de lui avoir
fourni l'occasion d'accomplir une noble tâche, il
excusait tendrement cette indifférence apparente
dont il souffrait.

Que ne pardonne-t-on pas, d'ailleurs, à la femme
aimée, vous fût-elle cruelle, quand on constate
qu'elle n'use de son influence sur vous que pour
vous inspirer de hautes pensées et de belles ré-
solutions !

Enlever la dame d'Entremont, détenue dans son
propre château, sur la frontière de la Savoie,
étroitement surveillée par les agents du duc Philibert-Emmanuel, et amener la prisonnière à la
Rochelle, au nez et à la barbe de tous les grands
personnages de la catholicité, était, certes, une
action méritoire, et le jeune protestant se repro-
chait parfois de n'en pas avoir eu l'initiative.

M. de Plotinière aimait filialement l'amiral
Coligny. Il avait eu le bonheur de lui sauver la
vie à Montcontour, alors que l'illustre général,
atteint d'une pistolade à la mâchoire et répandant
son sang à flots, allait être étouffé sous la visière
baissée de son casque. C'était lui qui l'avait ar-

raché de la mêlée, qui l'avait soutenu dans ses bras et qui l'avait conduit se faire panser à Parthenay.

Il se félicitait d'avoir été blessé et à moitié noyé à Blois pour le service de son maître, et, dans son ardeur, il ne demandait qu'à subir de nouvelles épreuves pour le bonheur de ce grand homme.

Comme il s'échauffait de la sorte dans ses réflexions généreuses, maître Troquemarton entra dans sa chambre pour l'avertir que le repas du matin était préparé et qu'on venait d'atteler les chevaux au chariot.

— Il est l'heure de reprendre notre chemin, monsieur le soldat. Allons, debout !

Maître Troquemarton avait crié cet avertissement de façon à édifier les oreilles que pouvaient avoir les murailles, mais à voix basse il continua :

— Une troupe de cavaliers suspects a passé dès l'aurore à toute bride devant cette maison. Furet, qui ne dort jamais que d'un œil, tantôt le droit, tantôt le gauche, les a entendus et vus. Furet assure que votre nom a été prononcé par eux.

— Bien, mon père, je me lève, répondit M. de Plotinière également à voix haute.

Une demi-heure plus tard, le chariot cahotait de nouveau le vin de Prépatour dans les ornières de la route sous la conduite de Furet, derrière lequel la nouvelle édition de frère Abdon, des Guillemites, feignait de lire dans un énorme bréviaire. Sur le flanc de l'équipage trottaient M. de Plotinière et son valet.

On n'avait pas fait une lieue qu'un bruit de chevaux au galop se fit entendre derrière les pacifiques voyageurs. Ils tournèrent la tête et aperçurent une troupe de cavaliers venant à toute vitesse.

Quelques instants se passèrent, pendant lesquels les cœurs des quatre compagnons battirent un peu plus vite que d'ordinaire.

Bientôt les cavaliers furent à portée de voix, et celui qui était à leur tête cria avec un fort accent espagnol :

— Hé ! voiturier ! arrête un peu tes chevaux.

— Obéis, mon fils, dit frère Abdon.

Furet mit sa voiture en panne.

Les cavaliers rejoignirent rapidement le chariot, l'entourèrent, et celui qui paraissait leur chef demanda :

— N'avez-vous pas vu passer une troupe semblable à la nôtre ?

— Si, répondit Furet, mais il y a au moins
une heure, une grande heure. Au fait, non, il y
a plus que cela... il y a au moins deux heures.

— Deux heures ! Par Notre-Dame de la Coro-
nade, nous les manquerons encore ! s'écria le
chef des cavaliers. C'est la seconde fois qu'ils
nous brûlent la politesse.

— Ils allaient vite, mon gentilhomme, crut
devoir ajouter Furet.

— Alors, en route, messieurs, dit le cavalier à
ses hommes. Puis, se ravisant, le cavalier, après
avoir jeté un regard inquisitorial sur le chariot et
ses conducteurs, demanda :

— Qui êtes-vous ? Où allez-vous ?

— Service du roi, mon gentilhomme, dit alors
frère Abdon, en fermant son volumineux bou-
quin. Nous allons à Rome.

—Vous êtes des « quéreurs de pardon »? Vous
allez chercher des Indulgences ?

— Non, nous convoyons ce vin destiné à Sa
Sainteté.

Et maître Troquemarton tira de son sein la
missive royale historiée de larges cachets.

— Ah ! très bien. Alors, pensez à moi dans vos
prières, mon père !

— Je n'y manquerai pas, mon fils !

— Merci et bon voyage ! Maintenant, vous autres, en route !

Et la troupe, reprenant d'un train d'enfer sa course interrompue, eut laissé bientôt loin derrière elle le chariot, qui se remit à cheminer paisiblement.

VIII

AU CHATEAU D'ENTREMONT

Le seigneur Risotto, l'un des archivistes garde-notes de Son Altesse Sérénissime le duc de Savoie, était un petit et gras vieillard, chauve comme une brebis tondue, et dont les pommettes et le nez portaient hardiment la livrée vermeille de Bacchus.

Philibert-Emmanuel l'avait envoyé, pendant la dernière guerre civile de France, s'établir au château d'Entremont, poste important sur la frontière de ses États, avec mission ostensible de protéger la dame du lieu contre un coup de main éventuel de la part des protestants du Dauphiné.

Le vénérable garnisaire s'était fait accompagner dans ce but par une valeureuse escouade de soldats, commandés par un officier grognon, et qu'on avait logés dans les parties basses du château.

La guerre prit fin. Mais l'édit de pacification de Saint-Germain demeura lettre morte pour le seigneur Risotto, attendu qu'il continua, ainsi que ses hommes, à vivre à Entremont, comme par le passé, sans avoir l'air de se douter que, la paix étant signée, les tentatives des protestants contre le château devenaient de plus en plus improbables, et que sa présence y était devenue au moins inutile.

En réalité, il était le geôlier respectueux et prévenant de la dame d'Entremont, et avis lui était parvenu récemment encore de ne pas la quitter d'une semelle.

Donc, en dépit de son embonpoint, et malgré le pittoresque échinant des environs du château perché sur un roc, au bord d'un précipice, au milieu de sombres montagnes, Risotto accompagnait la châtelaine d'Entremont dans toutes les promenades qu'elle jugeait bon de faire pour sa santé physique et morale, autour de sa demeure, demeure devenue pour elle, à ces promenades près, une véritable prison.

Jacqueline de Montbel, qui penchait du côté de la Cause d'une façon bien inquiétante pour un zélé catholique comme l'était le seigneur Risotto,

LE CHATEAU D'ENTREMONT

se rendait le plus souvent qu'elle pouvait aux prêches établis de l'autre côté de la frontière des États de M. de Savoie.

Le garde-notes, du reste, ne lui interdisait ni de voir les « ministreaux », — c'est ainsi qu'il appelait les pasteurs calvinistes, — ni d'écouter leurs interminables discours, prononcés dans des granges qu'ils qualifiaient de temples; mais, s'il l'escortait fidèlement jusqu'à leurs portes, pour obéir à sa consigne, il n'en franchissait jamais le seuil pour obéir à sa conscience. Il l'attendait à la sortie et la ramenait au château.

C'est grâce à ces pieux scrupules de son garde du corps que Jacqueline fut librement instruite, par l'entremise de ses amis spirituels, des intentions de Coligny et y répondit favorablement. C'est encore parce que Risotto aurait cru se souiller âme et corps, en entrant dans un prêche, que la belle veuve avait pu épouser tranquillement, par procuration, en présence de nombreux amis, et par les soins d'un révérend ministre, le héros que son cœur avait choisi.

Quand Risotto apprit par une furibonde dépêche de son souverain que celle qui l'hébergeait depuis si longtemps était devenue la femme du grand condamné du parlement de Paris, il entra dans une colère qui fut loin de le rendre plus imposant ou plus agréable aux yeux de la châtelaine.

Et il jura — un peu tard — que, jusqu'à nouvel ordre de M. de Savoie, la dame d'Entremont ne sortirait plus de l'enceinte de·sa maison.

Il tint parole, et l'officier grognon reçut des ordres nouveaux et précis pour la surveillance intérieure et extérieure du château.

Alors Jacqueline regretta vivement de n'avoir pas écouté les conseils de ses parents de France, qui l'avaient souvent pressée de s'enfuir, et qui s'étaient maintes fois offerts pour l'enlever au nez de Risotto et de ses hommes.

Certes, la chose, vraisemblablement, ne se fût point passée sans effusion de sang. Quelques soldats avaient toujours suivi, à distance, le geôlier lorsqu'il suivait lui-même sa prisonnière dans leurs précédentes promenades, et c'est afin d'éviter tout engagement meurtrier entre ses amis et ses gardiens qu'elle avait sans cesse répondu négativement aux propositions d'évasion qu'on lui avait soumises. Et puis, elle avait espéré chaque jour que Philibert-Emmanuel lèverait la consigne et qu'elle redeviendrait maîtresse de ses actions.

6

Son espoir avait été déçu, et, maintenant qu'un illustre époux lui tendait les bras, elle se voyait définitivement écrouée dans son propre logis.

En outre, nouvel ennui, elle avait découvert que Risotto, oubliant la distance qui le séparait de sa prisonnière et les années qui avaient dénudé son crâne, s'était follement épris d'elle.

Ce qui faisait que, doublant de jalousie sa consigne, le garde-notes mettait tous ses soins, pour le compte de M. de Savoie et pour son compte personnel, à l'empêcher d'essayer de rejoindre clandestinement son heureux rival.

C'était un argus aux cent yeux, qui en ouvrait cinquante pour son souverain et cinquante pour lui-même, et ne s'endormait pas.

La situation de la dame d'Entremont devenait de jour en jour plus intolérable.

Chaque après-midi, en compagnie de sa chambrière, Marcelle Calbu, devenue, par l'effet de la captivité, sa confidente et son amie, elle mesurait de l'œil, en frissonnant, la hauteur, au-dessus du sol, du rempart dont la plate-forme leur servait de préau, et où on leur permettait de venir prendre l'air.

Mais la hauteur de ce rempart, jointe à l'absence de cordes et de tout moyen de s'en procurer une de force et de dimensions convenables, écartait de son esprit, chaque jour, radicalement, l'idée d'une évasion de ce genre.

Jacqueline se bornait, comme sœur Anne, à contempler l'amphithéâtre de montagnes qui bornait son horizon, attendant en vain qu'un libérateur parût sur les flancs de l'une d'elles. Mais, hélas! elle ne voyait, à leur base, que les sapins qui verdoyaient d'une façon assez sombre et, à leur sommet, que la neige qui blanchissait pendant le jour, pour se rougir au coucher du soleil.

Son unique distraction consistait à suivre de l'œil les rares voyageurs allant ou venant, à pied ou à mulet, sur le chemin qui zigzaguait au-dessous du château, dans la vallée.

La venue au château de quelque colporteur, arrivant de la Tour-du-Pin et se rendant à Chambéry, et vice versa, rompait donc seule la monotonie de son existence. Et encore c'était seulement après avoir sévèrement interrogé et examiné chaque porte-balle que Risotto lui permettait ou lui interdisait d'offrir sa marchandise à la châtelaine d'Entremont.

Disons pourtant qu'il autorisait le plus souvent ces visites, surtout quand un sourire conci-
liant de Jacqueline venait agréablement toucher
son âme.

Une après-dînée, les captives aperçurent du
haut de leur rempart un vigoureux montagnard
arrivant du côté des Échelles, une caisse sur les
épaules, un bâton ferré à la main.

Cet homme, après avoir regardé les murailles
et le donjon du château, quitta la route commune pour prendre le sentier particulier qui
aboutissait au pont-levis de la demeure seigneu-
riale.

Risotto, abandonnant Jacqueline et Marcelle,
se hâta, en soufflant, de se rendre à la poterne du
château pour faire subir au porte-balle, qui déjà
parlementait sans doute pour la franchir, l'interrogatoire de rigueur.

IX

L'ŒUF DE NUREMBERG

Il paraît que l'étranger répondit de la façon la
plus satisfaisante aux questions qui lui étaient
posées, car il apparut bientôt sur la plate-forme,
derrière Risotto dont il suivait les pas d'un air
humble.

— Madame, dit le garde-notes, soufflant de
plus belle, ce pauvre diable colporte quelques
œufs de Nuremberg d'assez bon goût; il demande à avoir l'honneur de les montrer à la châtelaine d'Entremont. Si cela vous fait plaisir de
les voir, vous en avez la liberté.

— Voyons les œufs de Nuremberg, répondit
Jacqueline, s'empressant de saisir par son unique
cheveu la maigre occasion de distraction qui
s'offrait à elle.

Le colporteur ouvrit la petite caisse qui chargeait fort peu ses solides épaules, et en étala le
contenu sur le rebord du parapet de la muraille.

Une vingtaine d'horloges en forme d'œufs de forte taille, et qu'on portait alors suspendues au cou à l'aide d'une chaîne, composaient le bagage du colporteur.

Ces grosses montres, aux boîtiers plus ou moins ciselés, — que tout le monde aujourd'hui, sauf les collectionneurs, repousserait en les traitant « d'oignons » ou de « bassinoires », — étaient appelées, à cette époque, œufs de Nuremberg, du nom de la ville où on avait fabriqué les premières.

Jacqueline prit un plaisir enfantin à les examiner, à écouter leur tic-tac d'une régularité relative, et à regarder les dessins gravés dans l'intérieur des boîtiers.

Marcelle, de son côté, ouvrait des yeux brillants d'envie en soupesant ces gros bijoux, dont plusieurs étaient ornés de perles et de gemmes de couleur.

— Voyez donc, madame la baronne, s'écria Marcelle, le joli tableau !

Et elle lui présenta un œuf ouvert.

Le dessin gravé au trait sur le métal poli représentait un oiseau s'échappant d'une cage ouverte par un renard.

— Pauvre petite bête! fit mélancoliquement Jacqueline, elle sort de la captivité pour venir à la mort qui la guette.

— Permettez, madame! dit doucement le colporteur, en la regardant fixement, cela peut vouloir dire aussi que l'oiseau captif reprend enfin sa liberté, grâce à la ruse.

Jacqueline crut deviner une allusion dans le propos du montagnard, et elle reprit tristement :

— Il est des cages que les plus fins renards du monde ne sauraient ouvrir.

Risotto, qui écoutait la conversation, ne put s'empêcher de donner hautement son approbation aux paroles de la châtelaine :

— Bon cela! bien répondu, madame!

— Monsieur le gouverneur a raison, continua le campagnard; mais c'est égal, ces misérables renards huguenots vous ont des ruses infernales. Ce sont des diables, ces huguenots!

— Je ne dis pas le contraire, mon brave homme; mais j'espère bien que le ciel les traitera avec les honneurs dus à leurs qualités diaboliques.

Le colporteur sourit.

— Monsieur le gouverneur, dit-il, ne m'achète pas une horloge?

— Non. — Et si madame la baronne ne se décide pas à vous prendre un de vos œufs, je crois que le moment de vous retirer est venu.

— Et cette demoiselle?

Le colporteur désignait Marcelle.

Ce fut Jacqueline qui répondit :

— Si Marcelle désire une de ces montres, je lui offre dès aujourd'hui, pour son cadeau de noces, ce souvenir de son emprisonnement au château d'Entremont.

— Ah! madame!... s'écria Risotto, levant les bras au ciel et se reculant d'un air scandalisé, suis-je donc un geôlier!

Pendant que Marcelle, tout à fait charmée, choisissait une montre, le colporteur glissait dans son oreille ces quelques paroles :

— Les renards viendront ces jours-ci. Que l'oiseau soit prêt à s'envoler. On ouvrira la cage.

La jeune fille tressaillit, et continua d'examiner minutieusement les œufs de Nuremberg.

Le mouvement de Marcelle n'échappa po nt à l'œil vigilant de Risotto, mais il crut à une galanterie débitée par le colporteur.

—Marcelle est une honnête fille, monsieur le marchand d'horloges, dit-il, et ne vous écoutera pas.

— Ce n'était pas un compliment que je faisais à cette belle enfant, répliqua le marchand. Je lui donnais des instructions sur la manière dont ces horloges doivent être remontées.

— A la bonne heure! Maintenant, replie bagage, et en route!

Le colporteur se hâta d'obéir.

La montre choisie par la chambrière lui fut généreusement payée par la maîtresse, qu'il salua profondément avec les marques d'une vive allégresse.

Marcelle ne se tenait pas de joie aussi, et pour plusieurs motifs. Elle avait hâte de se trouver seule avec la dame d'Entremont pour lui redire l'avertissement mystérieux qu'elle avait reçu du colporteur.

Ce loisir lui fut donné bientôt.

Risotto reconduisit le colporteur jusqu'à la poterne, où il lui souhaita bon voyage. Puis il se dépêcha de retourner vers les deux femmes pour les prier de rentrer dans les appartements, à cause du serein qui tombait.

Comme il arrivait, toujours haletant, sur la plate-forme, il émit cette remarque que le grand air faisait un bien extrême à madame la baronne d'Anton, — il ne l'appelait jamais autrement, — à en juger par l'animation de ses traits et par son teint plus coloré qu'à l'ordinaire.

On devine que l'espoir d'une prochaine délivrance, tout problématique qu'il fût jugé pour le moment, avait seul causé l'animation des regards et la rougeur inaccoutumée des joues de Jacqueline de Montbel.

Elle ne fit aucune difficulté pour rentrer dans l'intérieur du château.

On soupa gaiement en compagnie de Risotto, qui demeura très surpris de ne pas essuyer, ce soir-là, les rebuffades dont elle le comblait ordinairement.

Il en conclut qu'il avait peut-être fait un léger premier pas en avant dans le cœur, lassé d'attendre, de sa belle hôtesse.

A l'instant où cette gracieuse réflexion s'épanouissait dans son esprit, l'officier grognon montra sa face refrognée à la porte de la salle où avait lieu le repas.

— Eh bien! Torribio, que se passe-t-il? demanda le garde-notes. Vous venez m'apporter les clefs.

— Je venais dire à Votre Excellence, grommela

le soldat, que quatre Français, dont un moine,
se rendant à Chambéry, demandent l'hospitalité
au château pour cette nuit. L'un d'eux est blessé
au pied.

X

L'HABIT FAIT SOUVENT LE MOINE

Sur ces mots : « Des Français », Risotto se rebiffa.

— Qu'ils passent leur chemin !... dit-il. Nous ne sommes point des aubergistes.

— Mais, monsieur, il y a un blessé ! s'écria Jacqueline, au nom de l'humanité !...

— Qu'ils aillent dans le village... ou au diable !

— C'est ce que je leur ai conseillé, grommela de nouveau l'officier, en ce qui concerne le village, du moins, ajouta-t-il. Quant à envoyer — où vous dites — celui qui les mène, un révérend père guillemite, délégué par le roi Charles IX, je ne l'aurais point osé, sur mon salut !

— Que veut dire cela ?

— Le révérend père conduit, s'il faut l'en croire, à Sa Sainteté, un baril d'un vin précieux, et il prétend que dans le village un présent de cette valeur ne serait pas en sûreté. Il supplie le châ-

telain d'Entremont, — il a dit le châtelain, — de
lui octroyer la permission de s'installer pour
quelques heures dans une des écuries du château.

— Madame la baronne n'aime point les moines, comme vous le savez, Torribio, dit ironi-
quement le garde-notes. Ensuite, puisque le prétendu serviteur de Dieu sollicite une faveur du
« châtelain » d'Entremont, qu'il aille la lui demander... à la Rochelle !

C'était une saillie.

Jacqueline ne daigna pas la relever vertement,
comme elle aurait fait en tout autre moment.
Elle était pour l'instant en proie à une émotion
violente, qu'elle s'efforçait de dissimuler de son
mieux en croquant une poire à belles dents.

L'arrivée à Entremont de quatre Français,
quel que fût leur habit, coïncidait d'une façon si
merveilleuse avec l'avis reçu par Jacqueline pendant la journée, qu'elle en sentait son cœur
inondé d'espérance.

Pourtant, ce pouvait être une simple coïnci-
dence.

—Monsieur, dit-elle à son gardien, il serait bon,
avant de jeter si peu chrétiennement à la porte

de mon château les pauvres gens qui en appellent à notre obligeance, de vous assurer si votre refus barbare ne va pas compromettre inutilement M. de Savoie vis-à-vis du roi de France. Si ce moine est réellement commissionné par le roi Charles, vous vous exposez, en le traitant comme un bohémien, à des plaintes de sa part auprès de votre maître, plaintes dont vous subirez le contre-coup avant peu, assurément.

L'officier grognon témoigna par un mouvement de tête que des deux personnages en face desquels il se trouvait, celui qui parlait le langage de la raison, était certainement la dame d'Entremont.

Risotto n'aimait pas à se déranger pendant que son estomac se livrait aux opérations de la digestion, mais il fut d'avis à la fin que le conseil de la baronne était bon, et il se leva en disant avec un soupir énorme :

— Allons, Torribio, descendons. Je vous suis. Allons congédier ces importuns.

Et, tout en descendant les escaliers, le vieux bonhomme retors murmurait :

— Je ne crois pas un mot de toute cette histoire. Tous les chemins mènent à Rome, c'est vrai, mais il est étrange qu'au lieu de prendre la voie d'eau, de Lyon à Avignon, et de Marseille à Gênes, pour se rendre dans les Etats du pape, le conducteur de l'envoi du roi de France au souverain pontife, choisisse, pour passer en Italie, le chemin des montagnes de ce pays, chemin fort peu praticable, même à cette époque de l'année.

Pendant qu'il ruminait de la sorte, renforçant ses soupçons d'un argument nouveau à chaque marche descendue, la dame d'Entremont et Marcelle se livraient à un dialogue dont le point important était le suivant :

— Si ces étrangers sont admis au château, il faudra, coûte que coûte, mais avec prudence, nous mettre en communication avec eux, d'une façon ou d'une autre.

Le seigneur Risotto leur épargna, au bout d'un quart d'heure, la peine de chercher la façon dont il leur faudrait s'y prendre pour cela, en reparaissant devant son hôtesse forcée en compagnie d'un moine, vêtu d'une longue robe blanche sous un manteau d'un gris clair et dont le crâne était tonsuré de frais.

Ce moine n'était autre, on le pense bien, que notre ami Troquemarton.

L'ennemi était entré dans la place !

Il marchait d'un air modeste, les yeux baissés, les mains croisées sur sa poitrine.

Risotto se confondait en courbettes obséquieuses autour de lui.

Il était évident que le garde-notes avait trouvé son chemin de Damas, en parcourant les couloirs du château, et que la lumière d'en haut lui, avait illuminé soudain l'esprit. Il était parti incrédule, il revenait pénétré de foi.

— Madame la baronne, dit-il, je vous présente le révérendissime frère Abdon, des Guillemites, qui jouit de la confiance absolue du roi Charles IX, ainsi qu'il appert de la missive royale que j'ai eu l'honneur de lire tout à l'heure et qui le recommande spécialement à Mgr le duc.

— Soyez le bienvenu, mon père, dit gracieusement la dame d'Entremont.

Le moine s'inclina sans mot dire.

— Madame, poursuivit Risotto, j'ai fait préparer trois lits dans la salle des gardes pour les deux cavaliers et le muletier, qui accompagnent ce digne père. L'un des soldats est blessé, mais très légèrement, à la cheville. Torribio lui donne tous les soins nécessaires. Quant au révérendis-

sime père Abdon, je compte l'installer pour cette
nuit dans la chambre aux Verdures de Flandres.
J'ai donné des ordres en conséquence.

— Je n'ai qu'à vous remercier, monsieur, d'a-
voir si bien deviné et rempli mes intentions, dit
Jacqueline.

Puis, s'adressant à frère Abdon :

— Mon père, considérez ce château comme
votre propre.demeure, dès à présent.

— Madame, répondit le moine, ce qu'on nous
a dit dans la montagne de votre affabilité géné-
reuse, m'avait encouragé à venir vous demander
un asile pour cette nuit.

— On vous a parlé de la dame d'Entremont,
mon père, demanda le garde-notes, et qui cela?

— Un colporteur que nous avons rencontré à
une lieue d'ici, un marchand d'horloges auquel
nous demandions le chemin.

— Bon, cela! c'est notre homme de cette après-
midi! Il est vrai qu'il n'a pas à se plaindre de
madame la baronne, dit Risotto.

— Il faisait également l'éloge de monsieur le
gouverneur, ajouta le moine, en s'inclinant devant le garde-notes.

— Je ne suis pas le gouverneur du château,

7

mon père, je n'en suis que l'hôte. Ce colporteur s'est trompé.

— *Errare humanum est*, fit le moine d'un air grave.

Risotto crut devoir saluer d'un signe de croix cette citation latine qu'il ne comprenait pas, mais dont l'éclosion enracinait plus profondément encore dans son esprit l'idée qu'il avait bien affaire à un moine authentique.

Cependant, Marcelle s'était empressée de mettre devant frère Abdon, qui s'était assis à table sur l'invitation réitérée de la dame de céans, les éléments d'un souper respectable.

Après avoir murmuré quelques mots latins qui pouvaient passer pour un semblant de bénédicité, frère Abdon s'offrit un fort pilon de volaille, et Jacqueline de Montbel lui versa elle-même à boire de sa belle main potelée.

Le moine goûta le vin et dit avec modestie :

— Excellent breuvage ! *Lætificat cor hominis.*

Le signor Risotto se signa de nouveau, puis il demanda :

— Le baril que vous convoyez à Rome, et que j'ai fait mettre au cellier tout à l'heure, doit renfermer un liquide bien autrement exquis, n'est-ce pas ? Cependant son transport au ballant de deux mules, entre lesquelles le baril est suspendu comme un lustre, doit avoir légèrement troublé sa transparence.

— Je ne le crois pas. Le vin de Prépatour que contient le tonneau en question est très vieux, très dépouillé, et bien que nous l'ayons amené de Blois à Lyon en charrette et de Lyon ici à dos de mulet, je suis persuadé qu'il doit être resté limpide comme une topaze, dont il a la couleur.

Le seigneur Risotto se passa légèrement la langue sur le bord des lèvres et reprit malicieusement :

— Vous en bûtes parfois, mon père, de ce vin de Prépatour ?

— Il est vrai, mes fonctions de cellerier du clos royal m'ont obligé...

— Contraint, peut-être ? reprit Risotto en souriant.

— Contraint, si vous voulez, à le déguster.

— Souvent ?

— Non. Aux changements de saison, et lorsque la vigne travaille seulement.

— Je vous crois, mon père. Et il est délicieux ?

— Délicieux, oui, mais réservé uniquement pour la bouche du roi, qui se plaît à en offrir aux souverains, ses frères.

— Ce qui fait, hélas ! continua le garde-notes, que je mourrai sans l'avoir goûté.

— Vous l'avez dit, Excellence.

La dame d'Entremont, que cette conversation sur le vin, qu'elle n'aimait pas, n'intéressait que médiocrement, et qui prévoyait en outre qu'il lui serait sans doute impossible, le soir même, de faire sans témoin quelques questions à son nouvel hôte, se leva de son fauteuil, en faisant signe à Marcelle de se préparer à la suivre.

Les deux hommes se levèrent également.

— Mes chers hôtes, dit-elle au moine dont la face resplendissait et au seigneur Risotto dont le nez et les pommettes s'enflammaient des feux d'un désir bachique, je me sens lasse. Permettez-moi de me retirer. A demain, mon père. Bonsoir, monsieur le garde-notes.

Elle les gratifia d'une aimable inclinaison de sa jolie tête, sur laquelle trente-cinq printemps, bien fleuris, avaient passé sans y semer une ride ; puis elle sortit de la salle, escortée de Marcelle et suivie jusqu'à la porte par ses hôtes.

Après son départ, frère Abdon et le seigneur Risotto se remirent à table, et, la conversation engagée de nouveau, ayant pris une tournure tout à fait affectueuse, le moine confia à M. l'archiviste-notaire de Philibert-Emmanuel que si les dispenses accordées aux moines voyageurs — *cœnobites marchantes* — hasarda franchement maître Troquemarton à bout de son latin sérieux, — lui permettaient de boire un peu plus largement que d'habitude dans les lieux de halte, il trouvait mélancolique de ne jamais sentir le choc amical d'un verre plein contre le sien. Malheur à ceux qui boivent seuls ! a dit l'Ecriture : *Væ soli !*

Bombardé de tant de latin, macaronique et classique, le garde-notes se signa encore et se versa à boire sur-le-champ ; car s'il lui était assez indifférent de boire seul ou en compagnie, il lui était affreusement pénible de ne pas boire du tout.

Les flacons massés sur la table par l'intelligente Marcelle subirent donc le double assaut des deux compères, qui ne gagnèrent leurs lits qu'à minuit, très gais l'un et l'autre, et devenus des amis pour la vie.

XI

EXPLICATIONS ET PROJETS

Pendant que maitre Troquemarton ronfle dans la chambre aux Verdures de Flandres, après avoir prouvé, la coupe en main, que façon de boire fait le moine autant et même plus que l'habit, et tandis que monsieur le garde-notes songe, dans son lit, à ce merveilleux et inaccessible vin de Prépatour qui repose dans le cellier du château, disons pourquoi le nom de M. de Plotinière a été prononcé, sur la route de Lyon, par les cavaliers de la troupe observée par Furet et vraisemblablement dirigée à sa poursuite.

M. de Plotinière n'est pas mort à Blois pour tout le monde.

Outre le roi, deux puissants personnages savent qu'il est vivant, bien vivant, et en route pour tenter de tenir la promesse faite par lui à mademoiselle Harlemaine.

Ces deux personnages sont : le premier, Henri, chevalier d'Angoulême, frère bâtard de Charles IX, du duc d'Anjou, de Marguerite de Valois et du duc d'Alençon ; le second, le sieur Montemoreno, agent de Philippe II, roi d'Espagne, à la cour de France.

Montemoreno a été gracieusement instruit du fait par un billet mystérieux qu'il a reçu, il ne sait de qui.

C'est tout simplement le chevalier d'Angoulême qui lui a fait tenir ce billet, supposant, non sans logique, que Montemoreno, en apprenant la nouvelle, se ferait un devoir d'essayer, pour le compte de son maître, de mettre M. de Plotinière hors d'état de rendre à Coligny le service que l'on sait.

Quant à M. le chevalier d'Angoulême, il a été averti, tout à fait par hasard, de la résurrection de M. de Plotinière.

Quelques jours après le départ secret de celui-ci de Blois, en compagnie de ses amis, un des gentilshommes du chevalier d'Angoulême revenant de Bourges, lui raconta, sans y attacher d'autre importance, qu'il avait croisé à une des portes de la ville quatre ou cinq cavaliers qui y entrait, et parmi lesquels il avait reconnu, il n'en pouvait douter, M. de Plotinière, l'envoyé de l'amiral, avec lequel il avait fait quelques parties de paume trois semaines auparavant.

Le chevalier d'Angoulème fut extrêmement surpris en apprenant que M. de Plotinière était sorti, sain et sauf, de la tombe où il avait voulu le coucher pour jamais. Mais il dissimula sa surprise, et se décida aussitôt à envoyer une troupe de gens à tout faire, qu'il avait à sa solde, sur les traces de M. de Plotinière, avec des ordres spéciaux concernant ce gentilhomme sauvé des eaux comme un nouveau Moïse.

Le chevalier d'Angoulème — il le prouva un an plus tard, un dimanche d'août, jour de Saint-Barthélemy — n'y allait pas par quatre chemins quand il s'agissait de se défaire de ses ennemis.

La mort de M. de Plotinière, son rival auprès de mademoiselle Harlemaine, et l'ami de monsieur l'amiral, lui semblait le meilleur moyen de se débarrasser de cet homme gênant, revenu à la vie, et ses hommes avaient mission d'atteindre le fugitif et de le tuer.

Puis, comme il réfléchit, avec son imperturbable logique, que ses hommes pourraient bien ne pas jouer de bonheur dans une rencontre avec M. de Plotinière, il se dit que deux ennemis arriveraient peut-être plus vite qu'un seul au résultat qu'il poursuivait, et il fit prévenir Montemoreno par un billet anonyme, avec recommandation de garder la chose secrète.

De son côté, il n'en parla à âme qui vive à la cour.

Montemoreno se hâta, comme l'avait espéré le chevalier d'Angoulême, de lancer une escouade de gens de même sac et de même corde que ceux du frère bâtard du roi, à la poursuite de M. de Plotinière, sur la route de Lyon, avec ordre de gagner cette ville au plus vite et de surveiller les cavaliers qui suivraient de jour ou de nuit la route de Chambéry.

Voilà pourquoi M. de Plotinière était poursuivi à outrance par deux troupes lancées derrière lui par deux de ses mortels ennemis.

Mais les deux troupes, celle du chevalier d'Angoulême et celle de Montemoreno, furent rencontrées, l'une après l'autre, à plusieurs reprises, par un colporteur marchand d'horloges portatives, qui répondit chaque fois à leurs questions au sujet des cavaliers qu'il avait pu voir sur sa

route par des renseignements d'une haute fantaisie.

Le sieur Dupré, car le colporteur était, bien
entendu, le digne gouverneur du dogue-barbet de
Sa Majesté, leur fit faire, souvent, de jolis temps
de galop derrière des cavaliers étonnamment ima-
ginaires.

Il arriva plus d'une fois que les gens du Montemoreno, suspectant toute troupe de cavaliers
dont le passage leur était signalé dans les hôtelleries, prirent les gens du chevalier d'Angoulême, courant devant eux, pour les personnages
désignés par leur maître; tandis que ceux-ci, à la
suite d'une halte sous bois, pendant laquelle les
montémoréniens les dépassèrent, prirent à leur
tour la troupe qu'on leur signala comme galo-
pant devant eux, pour l'escorte de M. de Plotinière.

Ce fut pendant que les cavaliers montémoréniens et les cavaliers angoulêmiens jouaient ainsi
à cache-cache sans jamais s'atteindre, que les
montémoréniens rencontrèrent frère Abdon sur
sa charrette, et l'interrogèrent.

Grâce à ce *quiproquo* perpétuel, les voyageurs
purent atteindre paisiblement Lyon et, après avoir

changé leur façon de transporter le vin de Prépatour, s'engager sur la route d'Entremont, tout
étonnés de ne plus entendre parler des cavaliers
qui, évidemment, les poursuivaient.

Pendant qu'il faisait ainsi aller et venir les
deux troupes ennemies, le faux colporteur visitait
sans relâche les châteaux du Dauphiné, ainsi que
cela avait été convenu avec ses amis, et préve-
nait les alliés et les parents de la dame d'Entremont d'avoir à se trouver à Grenoble, à l'hôtellerie de la *Salade d'Or*, à une date qu'il leur
donna.

Tous promirent de n'y pas manquer et de garder jusque-là le silence le plus absolu sur l'évasion espérée de la femme de Coligny.

Ceci dit, revenons à nos gros moutons du château d'Entremont.

D'abord à frère Abdon. Il s'est levé de très
bonne heure, frère Abdon! il se demande avec
inquiétude comment il éludera la demande qu'on
va peut-être lui faire de dire la messe dans la
chapelle du château.

Le garde-notes de M. de Savoie vient à son
tour d'ouvrir les yeux, en constatant qu'il a la
bouche d'une amertume désagréable. Mais le

soleil est déjà haut sur l'horizon au moment où, lui, abandonne sa couche.

Et quand il ouvrit le vitrail à mailles de plomb de sa haute fenêtre pour aspirer l'air rafraîchissant du matin, il vit, non sans étonnement, au-dessous de lui, sur la plate-forme du rempart, Jacqueline et Marcelle en train de causer tranquillement avec frère Abdon et les deux soldats, dont un blessé au pied, qu'il avait confiés aux soins de l'officier grognon.

Il est vrai que l'officier était là aussi. Le panorama merveilleux des montagnes et de la vallée d'Entremont, aperçu du haut du rempart, ne semblait lui arracher qu'une grimace plus assombrie que jamais (décidément, cet officier ne s'amusait pas dans cette garnison), et il se promenait, comme un ours en cage, silencieux derrière les causeurs.

Risotto se hâta d'achever sa toilette, et vint précipitamment rejoindre la châtelaine et ses hôtes.

Frère Abdon, frais et reposé, salua sa venue d'un vaste sourire et d'un malicieux clignement de l'œil gauche.

— C'est vrai, j'ai dormi tard, répondit à ce

sourire avec un peu de confusion le garde-notes en saluant la dame d'Entremont, et je supplie madame la baronne de me pardonner si je ne lui présente pas mes respects plus tôt.

Jacqueline avait l'air radieux.

— Vous êtes tout pardonné, lui dit-elle.

On le croira sans peine, si l'on songe que le retard du seigneur Risotto avait permis à Jacqueline d'échanger de rapides explications avec frère Abdon et avec le soldat blessé, qu'elle était allée visiter en charitable châtelaine, et dont elle savait maintenant le nom et la qualité.

Le plan de l'évasion avait été exposé; les rôles avaient été distribués. Tout allait au mieux. Et c'est pourquoi Jacqueline était indulgente et joyeuse.

L'attention de l'officier grognon avait été détournée, pendant ces utiles pourparlers, par un joli sourire appuyé de quelques mots de Marcelle, la seule personne au château qui eût le pouvoir d'arracher le brave militaire à sa grognerie perpétuelle.

Puis on s'était rendu sur le rempart, — pour admirer les Alpes dauphinoises et les Alpes savoyardes, affirmait frère Abdon, mais en réalité pour examiner le fort et le faible des murailles du château.

On [venait de terminer cet examen quand le seigneur Risotto était enfin arrivé.

Frère Abdon hasarda alors un coup d'audace. En dépit des signes que lui faisait le garde-notes, il se mit à parler d'un prétendu mariage de l'amiral Coligny avec on ne savait quelle vieille fanatique. Cela, dit-il, préoccupait fort la cour!

Il exprima l'espoir que les projets du grand excommunié de la cour de Rome seraient mis à mal par la Providence. *Debellat superbos.*

Risotto se signa et appuya, quant à Coligny, le discours de son compagnon de bouteille de la veille; toutefois, il porta avec empressement la causerie sur un autre sujet.

Et quand il en trouva l'occasion, il dit à voix basse au respectable guillemite, qui feignit la plus vive surprise en l'écoutant :

— Il ne faut point parler de l'amiral ici. Je vous en dirai la raison plus tard.

Et il ajouta à part lui :

— Ivrogne de moine! J'ai cru que la baronne allait lui arracher les yeux tout à l'heure.

En effet, la baronne avait fort bien joué son

rôle de femme courroucée, contenant sa colère intérieure pour ne pas apostropher vivement l'insulteur de son illustre fiancé.

La dame d'Entremont se montrait maintenant tout à fait charmante à l'égard de son geôlier. Le vieil amoureux, que sa petite débauche de la veille avait rempli d'un feu inattendu, se laissait aller aux plus douces pensées, en constatant l'agréable changement des manières de l'idole de son cœur.

Les rêves les plus enivrants se dressaient dans son imagination.

Il songeait que ravir à un mari tel que Coligny l'amour d'une femme telle que Jacqueline serait un péché mortel évidemment; mais il réfléchissait que ce péché mortel lui serait sans doute remis par le pape, en considération du service rendu à la catholicité.

Et il se promettait de tout faire pour fournir bientôt à Pie V l'occasion de lui donner une absolution des plus complètes.

XII

ÈVE TENTE LE SERPENT

Quand revint le moment de souper, le cœur de l'honorable garde-notes débordait d'une tendresse extrême, à laquelle l'excitation nerveuse produite par les libations de la soirée précédente, apportait son appoint notable. Il se sentait absolument rajeuni, redevenu confiant et prêt à donner à tous des marques de condescendance et de bonté.

Amour, tu perdis Troie!

La haute perspicacité du garde-notes commençait à être terriblement en défaut.

Ainsi, au moment où on allait se mettre à table, un garçonnet, envoyé d'Entremont au château, vint annoncer que le muletier de frère Abdon serait forcé de passer la nuit dans le village où il avait dû conduire les mules et les chevaux pour les faire ferrer. Le muletier, — c'est-à-dire notre ami Furet, — faisait prévenir le digne frère Abdon que le maréchal-ferrant, s'étant donné un coup de marteau sur les doigts, avait dû remettre au lendemain ce qui lui restait de besogne à faire.

— Pauvre garçon! se borna à dire le défiant Risotto, il va faire un bien mauvais souper!

Frère Abdon, lui, se montra inquiet pour ses bêtes. Mais Risotto lui affirma qu'elles n'avaient rien à craindre dans le village; et ce fut lui qui rassura amicalement frère Abdon.

A table, Jacqueline, rayonnante, combla le garde-notes, ou plutôt le cribla des œillades les plus capiteuses. Frère Abdon, d'autre part, lui versait des rouges-bords multipliés,— toujours à la santé de leur belle hôtesse. Ce double assaut acheva de bouleverser l'esprit de l'infortuné archiviste ultramontain.

Bientôt, il arriva à trouver complètement inopportune la présence du Guillemite à la table où il nageait en plein bonheur, arquebusé à bout portant par les yeux de la sirène.

— S'il n'était pas là, qui sait?..., pensait-il.

Comme cette réflexion coupable naissait dans sa cervelle, et au moment même où ses prunelles pétillaient d'une façon qui faisait pouffer de rire Marcelle dans son coin, frère Abdon s'écria, la main sur le cœur :

8

— O malheureux pécheur que je suis! J'ai oublié d'accomplir la pénitence qui m'a été imposée par notre supérieur! *Mea culpa! Mea culpa!*

— Une pénitence? demanda Jacqueline.

— Oui, noble dame, quelques coups de discipline sur mes misérables épaules, tous les mardis, à la vesprée. Hélas! la vesprée est passée!

— Voyons, mon père! il est un peu tard pour penser à cela, dit la dame d'Entremont. Votre remords prend mal son temps pour éclater à table au moment du fruit.

— Pardonnez-moi, madame; depuis que j'y songe, c'est-à-dire depuis le rôti, la douceur du vin se transforme en amertume pour ma conscience. Permettez-moi de vous quitter quelques instants. Je ne puis négliger ce devoir pieux. Dans un quart d'heure, réconcilié avec moi-même, je reviendrai prendre ma part, à vos côtés, des dons liquides et solides que la Providence accorde à ses créatures.

— C'est une plaisanterie!

— Ce n'est pas une plaisanterie, madame la baronne, dit alors avec empressement le seigneur Risotto, et si vous n'étiez pas, hélas! trop imbue du mauvais esprit du siècle, vous vous joindriez à

moi, au contraire, pour fortifier notre hôte dans
sa sainte résolution. Il importe au ciel que ce digne homme n'oublie pas de mortifier ses omo-
plates à l'aide d'un cordon dûment garni de nœuds.
Croyez-moi, mon père, c'est la voix d'en haut
qui vous rappelle au sentiment du devoir. Obéis-
sez-lui.

— Vous parlez comme Salomon. Excellence, et je remonte dans ma chambre incontinent. — Priez pour moi, mes frères! *Ora pro
nobis.*

Cela dit, frère Abdon quitta précipitamment la
salle à manger.

Le silence y régna pendant une ou deux minutes. La dame d'Entremont semblait rêveuse et
Risotto palpitait.

— A quoi pensez-vous, ma noble dame? demanda enfin le bonhomme.

— Hélas! signor Risotto, je dois vous faire un
aveu. Le départ du moine laisse le champ libre à
l'esprit malin, qui depuis hier soir me tourmente.

— A l'esprit malin?...

— Oui. Il me sollicite, il me presse! et à la
fin je me sens vaincue.

— Que voulez-vous dire? murmura le garde-notes, qui n'en pouvait croire ses oreilles. Et que veut-il de vous, l'esprit malin?

— Sortez, Marcelle, reprit la dame.

Marcelle obéit. Risotto tremblant crut voir le Paradis entr'ouvrir pour lui ses portes bleues. Il se trouvait, enfin, seul avec la divine baronne, et par la volonté de celle-ci.

— Que vous inspire l'esprit malin? dit-il, en se rapprochant tendrement d'elle.

— Il m'inspire... il m'inspire le désir qu'il inspirait à Ève!...

— Bon, cela, haute et puissante dame!

— Oui, je ne puis le cacher, je voudrais...

— Quoi? dites-le! oh! dites-le sans crainte!

— Je voudrais goûter au fruit défendu.

— Elle se livre, pensa Risotto, abasourdi. O mes aïeux! soutenez-moi!

Mais Jacqueline continua :

— Je voudrais boire de ce vin délicieux que vous avez enfermé dans le cellier du château, et dont ce moine parle avec tant d'enthousiasme.

— Le vin de Prépatour? balbutia le garde-notes.

— Oui, mon ami.

— Elle m'appelle son ami! fit-il tout bas.

Puis tout haut, il s'écria :

— Mais c'est le vin du roi, un vin destiné au pape, madame !

— C'est justement pour cela que j'en voudrais tâter. Allez m'en quérir, mon cher Risotto ! je vous en supplie.

— Mais, madame, ce que vous exigez de moi est impossible. C'est un dépôt sacré que votre fantaisie me forcerait à violer.

— Ayez-moi de ce vin, mon excellent ami ! avez-m'en ! ou je croirai que vous n'avez pas d'amitié pour moi, et je résisterai à celle que je ressens déjà pour vous.

— Madame !... oh ! demandez-moi mon sang ! mais ne me demandez pas ce vin !

— Risotto, je vous dis que depuis hier soir, depuis votre conversation avec ce moine au sujet de ce vin exquis, je n'ai plus qu'un désir, je n'ai plus qu'un rêve : le savourer, ne fût-ce qu'une gorgée !

Risotto poussa un gémissement. Sa conscience agonisait déjà.

La dame reprit, avec un sourire qui entra au plus intime du cœur de son amoureux :

— Ne voulez-vous donc rien faire pour mériter

mon affection? C'est peu de chose, ce que je vous demande, mon ami... une goutte de vin!

— Le vin du pape! soupira le passionné garde-note.

— Oui, je veux boire d'un vin de pape, dit impérieusement la dame d'Entremont.

Le malheureux Risotto soufflait et tressautait comme une baleine échouée.

— Mais comment percer le tonneau? murmura-t-il avec douleur, arborant, par cette seule question, le drapeau de la capitulation.

— Je vais vous l'apprendre, moi qui ne suis pourtant qu'une femme, reprit la dame d'Entremont.

Et Jacqueline, qui pendant la journée, avait reçu à ce sujet les instructions du frère Abdon, cabaretier de son état, expliqua couramment à Risotto stupéfait ce qu'il fallait faire pour tirer du vin d'un tonneau clos, à l'aide d'une vrille et de deux fossets.

— Le cellier doit être muni des ustensiles que je vous indique, continua Jacqueline. Le sommelier en a toujours en réserve. Voyons, mon ami, allez et revenez bien vite. Je meurs d'envie de tremper mes lèvres dans ce vin réservé aux papes et aux rois!

— Mais le moine? il va revenir, dit Risotto.

— Eh bien, double satisfaction! Nous boirons son vin, et nous lui en offrirons roquille. Le péché sera ainsi partagé en trois. La part de chacun sera moins pesante. Le moine en sera quitte pour remplacer le vin bu par un peu d'eau pure.

— Oui, mais les reins du pape? comment se trouveront-ils de la substitution!

— Il ne s'en apercevront pas. C'est la foi qui sauve!

— Pauvre pape!... Allons, madame, il faut donc en passer par ce que vous voulez! — Mais vous m'aimerez un peu, dites?

— Tenez, voici ma main à baiser.

— O madame! ô délices!

Risotto, bien qu'il fût gras à lard et d'haleine courte, se précipita aux pieds de la dame d'Entremont et baisa avec dévotion ses doigts effilés.

Puis, il se releva, non sans peine, toujours soufflant, les jambes brisées au jarret par des émotions nombreuses et de nature diverse, et se dirigea, en trébuchant, du côté de la porte de la salle.

— Vous ne prenez pas une lampe, seigneur Risotto?

— Non, madame, pour cause de prudence. Je trouverai en bas de quoi me procurer la lumière qui me sera nécessaire. N'ayez crainte. Je connaîs les êtres.

Et Risotto descendit dans l'obscurité les escaliers tournants qui menaient aux cours du château.

Les escaliers tournants lui firent l'effet de tourner deux fois plus que de coutume.

Il en était très étonné.

Il l'eût été bien davantage assurément, s'il avait pu constater que quelqu'un qu'il croyait en train de se flageller les vertèbres lombaires pour la plus grande gloire du Très-Haut, descendait derrière lui les montées, comme une ombre fidèle,

Mais le seigneur Risotto n'était plus guère en état de se livrer à des constatations de ce genre. Il s'efforçait avant tout de recueillir ce qui lui restait de sang-froid pour ne pas choir sur les degrés avant d'arriver au port vers lequel il voguait ; tel un bateau oscillant sur une mer houleuse.

XIII

CE QUE FEMME VEUT

Le vieux garde-notes de M. de Savoie parvint
enfin à gagner la grande cour du château.' Des
ténèbres opaques la remplissaient. La nuit était
sans lune et le ciel nuageux.

Il se glissa sans bruit jusqu'au bâtiment qui
servait de logement aux gardes de M. le duc, à
l'entrée du passage voûté que formait la grande
porte doublée de la herse du pont-levis.

Tout grelottant d'une fièvre bachique suscitée
par l'air frais, il tâta d'une main tremblante la
porte du poste où dormaient les hommes d'armes.

— Bon cela ! dit-il. — Torribio a mis la barre.
La garnison est prisonnière. Il a raison, Torribio ! Il ne veut pas que ces messieurs aillent, la
nuit, compromettre leurs harnois avec les tor-
chons des filles de cuisine et des buandières du
château. Je signalerai à Monseigneur l'esprit pra-
tique de Torribio.

Puis il prit une lanterne accrochée sous la voûte, laquelle servait pour éclairer la marche des rondes de nuit, et il la cacha sous le pan de sa robe noire en murmurant :

— On ne saurait prendre trop de précautions. Je n'allumerai le suif que dans le cellier. Mais, dès à présent, grâce aux soins de Torribio, je suis assuré de n'être point découvert par quelque curieux sorti inopinément du corps de garde. Le seul homme qui soit dehors à cette heure, c'est la sentinelle du rempart. Mais son temps de veille est loin d'être écoulé, et d'ailleurs elle n'oserait abandonner son poste.

Risotto, muni de sa lanterne, prit résolument, quoique en zigzag, le chemin du cellier où, sur la foi des traités, dormait paisiblement le fameux vin de Prépatour, si cher à M. de Ronsard.

Le cellier était situé au fond de la seconde cour intérieure du château, au rez-de-chaussée d'un petit pavillon dont Torribio, l'officier grognon, avait fait sa demeure.

En arrivant près du but de sa course, le garde-notes vit avec surprise briller de la lumière derrière les culs de bouteille enchâssés de plomb qui composaient le vitrage de la fenêtre de l'officier.

Torribio ne dormait pas encore.

— A merveille! fit le vieillard. Il est heureux que je n'aie point allumé la lanterne. Torribio a l'œil d'un lynx, d'un lynx triste, c'est vrai, mais enfin l'œil est perçant. Sans doute, il est là, derrière ses vitres, à bayer aux étoiles, ou bien il se tue à jouer avec les deux soldats étrangers. Tant mieux! Allons, vite, en besogne!

Il prit une petite clef dans l'escarcelle qui battait sur son flanc, et l'introduisit dans la serrure de l'huis du cellier.

Tout porte à croire que l'honorable délégué de M. de Savoie avait l'habitude de faire souvent des visites de ce genre au retrait en question, car la serrure, merveilleusement huilée, fonctionna comme si elle était fée en faisant moins de bruit qu'un roseau baisé par le flot voyageur, au bord d'un ruisseau.

Un instant après, dans l'intérieur du cellier, il battait le briquet et allumait le suif piteux qu'abritaient les parois de corne de la lanterne. Il posa ensuite le phare fumeux sur une futaille, et contempla, avec émotion, en soufflant, le beau baril de chêne, décoré des armes des Valois, à l'effraction duquel il allait procéder.

Mais ce moment de recueillement eut la durée d'un éclair.

Il était trop tard pour reculer.

Le seigneur Risotto eut bientôt trouvé les ustensiles mentionnés par Jacqueline, la vrille et les fossets, et il se hâta de percer deux jolis petits trous invisibles entre les cercles, l'un à la partie supérieure, l'autre au juste mitan du baril, selon les instructions précises qu'il avait reçues de la dame de ses pensées.

Le sacrilège était consommé.

Le tonneau blessé au ventre envoya sur les doigts de Risotto un filet clair et glacé qui tomba en cascade mousseuse sur le sol, exhalant un parfum troublant.

En même temps, le royal baril faisait entendre une série précipitée de hoquets douloureux.

Sans perdre une seconde à les écouter d'une oreille de buveur attendri, Risotto s'empara d'une des larges fioles empilées dans un coin, et en appliqua le goulot à la source jaillissante.

Une senteur pénétrante en montait. Le nez du garde-notes était chatouillé de fond en comble, et son cœur se mit à battre avec force.

— C'est un baume! se dit-il; il sent mieux que fleurs. Mais je suis damné!

Et il ajouta :

— Admirable vin! il est clair comme œil de basilic! Mais je suis maudit!

Puis il reprit :

— En somme, n'était-il pas de mon devoir de m'assurer si ce tonneau contenait réellement du vin? M. de Savoie approuverait lui-même la résolution que j'ai prise.

Et avec un soupir et un sourire :

— Le voilà! le voilà donc, s'écria-t-il, ce vin de Prépatour, célébré par les poètes!

Et il murmura :

— Oh! qu'il a l'air galant, le vin du pape!

Tandis que le vin prenait ces mirages aux yeux troubles du garde-notes, son cerveau s'imbibait de plus en plus, par le canal du nez, des vapeurs émotionnantes du précieux liquide, dont il coulait peu ou prou sur les mains tremblantes du sommelier improvisé.

Et, dans ce cerveau, une étrange sarabande était à présent dansée par les idées, de plus en plus fugitives, du brave ivrogne de robe.

Il oubliait peu à peu pourquoi il était venu

dans le cellier. L'image de Jacqueline elle-même devenait très vague, faut-il l'avouer, et elle finit par être complètement effacée par la vue du flacon, image pour l'instant bien autrement nette et précise.

Le flacon n'était encore rempli qu'aux trois quarts que déjà l'âme de M. le notaire-archiviste s'y était condensée tout entière.

Il le regardait avec des yeux humides.

Et tout à coup, bien qu'il eût le corps pénétré par la fraîcheur du cellier, il éprouva une soif étrange, un besoin irrésistible de mouiller sa gorge brûlante.

Au bout d'une seconde, Risotto n'écouta plus que l'instinct de la conservation. Il se sentait mourir. Il avait le remède sous la main. Il en usa.

Il en usa avec une certaine coquetterie d'abord, puis avec résolution, puis avec emportement.

Dans sa précipitation il oublia même, avant de boire, de cicatriser avec des fossets les blessures du tonneau.

A vrai dire, il n'en eut pas le temps, car le vin de Prépatour sembla le foudroyer à la troisième gorgée.

Le vin du pape était-il donc si énergique?

Non; il était mélangé d'un puissant narcotique, voilà tout.

Troquemarton l'avait médicamenté de cette façon, à tout hasard, pour parer à toute éventualité, et afin d'être prêt à tout évènement, mais en vue de la garnison du château seulement. Et quand il prépara sa petite mixture, il ne se doutait guère que le seigneur Risotto serait le premiere à en éprouver l'effet.

Tout allait donc pour le mieux dans la meilleure des caves possibles.

M. le garde-notes tomba sur le sol du cellier, le flacon à la main, comme un cadavre qui s'abat.

Et le bruit du suif grésillant dans la lanterne se mêla aux grognements entrecoupés du vieux buveur.

Quelques instants s'écoulèrent.

Soudain la porte du cellier, poussée du dehors, tourna sans bruit sur ses gonds, et une tête joyeuse, aux yeux brillants, vaguement illuminée par la clarté douteuse de la lanterne, apparut dans l'entrebaillement.

C'était la bonne tête tonsurée de maître Troquemarton, toujours vêtu de l'habit qui en faisait un guillemite.

Du seuil de la porte, maître Troquemarton abaissa ses regards sur la masse humaine qui ronflait dans la flaque de vin, et dit :

— *Requiescat in pace!*

Troquemarton s'introduisit alors dans le cellier. Là, il palpa tout d'abord la ceinture du garde-notes, et fit une grimace de désappointement en n'y trouvant pas le trousseau des clefs qu'il s'attendait évidemment à y sentir pendues.

— Il faudra user d'un autre moyen, murmura-t-il. Heureusement, M. de Plotinière et moi nous avions tout prévu, et le salut est là-dedans.

« Là-dedans » signifiait dans le tonneau royal, que maître Troquemarton frappa d'un doigt affectueux.

— Brave tonneau! ajouta-t-il. Il nous a déjà rendu bien des services. Il vient encore, avec son vin préparé par mes soins dans la bonne ville de Lyon, d'endormir ce vieux drôle qui, sans doute, aurait crié comme un geai si j'avais tenté de me rendre maître de lui de vive force; et, tout à l'heure, ce gracieux vin va encore nous procurer le moyen de franchir les portes du château sans en avoir les clefs. — A moins, pensa le cabaretier, que le militaire de là-haut en le sait sous son chevet ce qui serait bien agréable et infiniment commode, mais j'en doute fort.

— Exquis! exquis! grommela pâteusement le garde-notes abîmé dans un rêve épais.

— Il dort ferme, le vieux bouc! Et il dormira aussi rudement que cela jusqu'à demain soir, grâce à mon petit vin médicinal. Ça lui fera beaucoup de bien... Ah çà! maintenant que je suis certain d'être débarrassé du bonhomme pour de longues heures, il s'agit d'avertir M. de Plotinière et Largoulet que j'ai fait ma besogne et qu'il est temps pour eux de songer au seigneur Torribio. Les choses ont marché vite, mais l'heure où la sentinelle du rempart doit être remplacée approche, et il faut que nous allions lui dire un mot gentiment en bons camarades.

XIV

IN VINO LIBERTAS

Son plan de campagne dûment arrêté dans son esprit, le cabaretier releva et roula sa robe de moine autour de son haut-de-chausses laïque, et retroussa ses longues manches jusqu'à ses épaules.

Il ramassa alors plusieurs éclats de verre qui étincelajent çà et là dans l'ombre du cellier, sortit en hâte, et vint se planter en face de la fenêtre de l'officier grognon. Il s'apprêtait tout bonnement à lancer un de ses projectiles contre les vitres.

Maître Troquemarton aimait les soliloques. Nous en avons eu plusieurs fois la preuve. Aussi, comme il levait le bras pour exécuter habilement le jet d'un morceau de verre dans les culs de bouteille du vitrage, il se dit à lui-même, fidèle à ses habitudes

— Ce pauvre diable de Torribio ! il joue là-haut avec mes àmis tranquillement, où passion-

nément plutôt, car il aime les dès autant que
Risotto aime la bouteille, — et il ne s'attend
guère à ce qui va se passer aussitôt que mon bras
aura fait son service de catapulte. Espérons qu'au
moins il aura été heureux au jeu, afin que M. de Plotinière puisse être sans remords heureux en amour.

Sur cette dernière réflexion, maître Troquemarton fit jouer la musculeuse détente de son
bras, et le tesson alla frapper les vitres qui ren-
dirent un son clair.

Il était à peine retombé sur la terre, que le
bruit étouffé d'un trépignement de pieds, scandé
par de sourdes rumeurs de meubles bousculés,
frappa l'oreille tendue de maître Troquemarton.

On était aux prises dans la chambre de l'officier grognon.

Il se hâta de gravir l'escalier extérieur qui conduisait à la chambre de Torribio, et, comme il
en ouvrait hardiment la porte, il reçut dans l'estomac le choc de deux pieds apparus horizonta-
lement à cette hauteur.

C'était les pieds de l'officier grognon, baillonné
et ficelé déjà comme une mortadelle de Bologne,
et dont le corps était porté par M. de Plotinière
et par Largoulet.

— Alors, c'est fait?

— Comme vous voyez, frère Abdon, je suis désolé de la chose, mais il le fallait.

M. de Plotinière, car c'était lui qui venait de faire, à voix basse, cette réponse, ajouta en s'adressant à maître Torribio :

— C'est le destin de la guerre, mon pauvre lieutenant. Vous triomphiez tout à l'heure à la table de jeu, à présent, vous voilà notre prisonnier. Mais vous m'avez gagné soixante-quinze pistoles! Que cette pensée soit une consolation pour vous. L'argent vous restera et demain vous recouvrerez votre liberté.

Le vaincu, qui ne pouvait plus grogner, ayant dans sa bouche une écharpe en guise de mors, se contenta de sourire amèrement.

— Nous allons vous descendre tenir compagnie au seigneur Risotto, reprit le bon Troquemarton. Seulement, vous aurez une bonne couche de copeaux sous les épaules, et nous vous installerons bien loin de cet ivrogne de garde-notes.

Il fut fait comme il avait été dit, sans parler davantage.

Puis Largoulet et maître Troquemarton rou-

lèrent, hors du cellier, le baril royal considéra-
blement allégé par la perte de son vin, tandis
que M. de Plotinière fermait la porte à double
tour sur les oiseaux mis en cage.

— Et de deux! fit remarquer le cabaretier
qui, aidé de Largoulet, avait débondé le tonnelet
d'où le vin ruisselait à flots maintenant.

— Et de deux, oui! répéta M. de Plotinière,
mais il reste encore la sentinelle du rempart. Il
faut la supprimer, car nous sommes forcés de
nous en aller par le chemin où elle se promène,
attendu que je n'ai trouvé ni sur, ni chez le lieutenant les clefs de la grand'porte de la poterne
et des gaines des contrepoids de la herse. Ces
clefs sont restées dans la salle des gardes, confiées
à leur sergent. Il serait inutile, peut-être, d'aller
le prier d'avoir l'obligeance de nous les remettre ?

— Certes! dit Troquemarton, en riant. L'escouade est sous les verrous. Qu'elle y reste! Ce
bon Torribio a même droit à notre reconnaissance pour le service qu'il nous a rendu, en met-
tant ses hommes dans l'impossibilité de venir à
son secours.

— Donc, reprit M. de Plotinière, dussions-

nous, Largoulet et moi, essuyer une arquebu-
sade, nous allons relever la sentinelle qui doit
commencer à s'impatienter là-bas.

— Monsieur, dit Troquemarton, je veux vous
accompagner dans cette expédition. Il ne s'agit
pas, en ce moment, d'une action d'éclat. Songez
que la ruse est notre grand agent de succès. Or,
à nous trois, nous ferons, sans coup férir et sans
bruit, la petite opération dont il s'agit

— Comptez sur ma prudence, mon brave ami.
Nous ne tenons pas à éveiller les gens du château,
encore que Marcelle ait dû les renfermer dans
leurs chambres. Tout doit se faire en silence.
Mais véritablement, nous sommes assez de deux
contre un, avec la nuit pour nous, restez ici,
maître Troquemarton, et tirez des entrailles de
ce tonneau les choses précieuses que nous y avons
mises à Lyon, aux lieu et place du vin de Prépatour, dont nous avons bu une partie à la santé
du roi! Avec l'aide de Dieu, nous serons de retour dans un instant.

M. de Plotinière et Largoulet tirèrent leur
dague, et se dirigèrent vers un étroit escalier con-
tournant une des grosses tours du château, en-
close à sa base dans la muraille d'enceinte; esca-

lier qui faisait communiquer extérieurement la cour avec le rempart.

Puis ils disparurent dans les ténèbres.

Resté seul, maître Troquemarton mit debout sur un de ses fonds, le tonnelet qui s'était complètement vidé. A l'aide d'une pince emportée du cellier, il arracha alors les doigts de bois de cette espèce de main qui, crispée sur les deux bouts de la douve transversale, maintient ses extrémités taillées en biseau dans la rainure circulaire dite *jable* des grandes douves.

Les pièces composant le fond supérieur du tonnelet, objet du travail expérimenté de maître Troquemarton, avait été ajustées, à Lyon, de telle sorte, que la douve transversale enlevée, le digne cabaretier n'eut qu'à faire légèrement basculer ce fond pour l'enlever avec facilité, au prix d'un mince effort, comme un simple couvercle.

Dans l'intérieur du tonneau, — telle l'amande dans une noix de coco, — il y avait un baril de petite dimension, maintenu immobile au centre de la pièce par des supports artistement disposés.

Ce baril avait baigné dans le vin préparé par le cabaretier toujours comme l'amande du coco baigne dans le lait de ce fruit, mais il était parfaitement intact.

Maître Troquemarton le dégagea de ses supports, et le défonça avec rapidité. Il en tira bientôt une magnifique échelle de corde en soie roulée autour de solides chevilles de fer de la longueur du baril.

Tout en déroulant l'échelle, le bon Joas pensait :

— Et ces messieurs les nains de la cour qui m'accusaient de ne savoir que regarder les nuages! Pour un rêveur, je ne travaille déjà pas trop mal.

En effet, les engins d'évasion étaient dans un parfait état de conservation. La soie des cordes étant même fort sèche, le frère Abdon n° 2 trempa l'échelle dans les mares de vin qui stagnaient encore à ses pieds.

Comme il achevait de prendre cette précaution, il s'entendit appeler du haut du rempart, et ce mot lui fut jeté :

— Et de trois, frère Abdon !

Une minute plus tard, Largoulet vint lui donner de plus amples détails. La sentinelle avait été trouvée endormie. On n'avait eu qu'à la cueillir, comme une fleur.

Le pauvre diable gisait maintenant, un tortillon d'herbe entre les dents, et garroté avec son propre harnois, sur le gazon du rempart.

— Que fait M. de Plotinière ? demanda maître Troquemarton.

— Au moment où je l'ai quitté, il entrait dans le château par la porte du jardin, que lui a ouverte Mlle Marcelle, laquelle guettait notre arrivée sur le rempart depuis la fin du souper.

— Brave enfant !

— Et la femme de Monseigneur ?

— La femme de Monseigneur, ainsi que sa chambrière, du reste, sont maintenant sur la plate-forme sans doute, toutes deux vêtues d'un costume de cavalier, ainsi que cela a été convenu. Je venais vous aprendre la chose, et m'informer si vous aviez terminé votre travail de tonnellerie ?

— Je suis prêt. Tenez, prenez l'échelle. Je me charge des chevilles. Mais, à propos, — les dames ont pensé à leur déguisement, — mais n'a-t-on pas oublié de m'en procurer un ? Je ne puis continuer à courir les routes en manteau de guillemite. J'ai hâte de jeter mon froc aux orties. Les orties, j'en suis sûr, ne manquent pas sur les

rempart, mais je voudrais que les habits n'y man-
quassent pas non plus.

— J'espère que monsieur aura songé à cela, dit
Largoulet. Du reste, nous allons le savoir dans
un instant. Venez, mon cher, venez. On vous attend avec impatience. Le château est à nous.

Les deux compagnons, redevenus silencieux,
prirent le chemin du rempart. Ils y trouvèrent les
deux femmes en proie à une agitation très conce-
vable.

M. de Plotinière s'efforçait de leur persuader
que ce qui restait à faire n'était plus qu'un jeu,
un simple exercice de gymnastique.

Jacqueline, elle, était fort résolue ; ses habitudes de montagnarde ne lui permettaient pas de
s'effrayer d'une descente le long d'une fragile
échelle de corde. Mais si la maîtresse était brave,
la servante semblait douée de beaucoup moins
de sangfroid. Elle tremblait, visiblement, à
l'idée de sortir du château par cette voie quasi-
aérienne.

— Nous n'avons pas le choix des moyens, mademoiselle Calbu, dit rudement Troquemarton.
Mais vous êtes libre de ne pas user de celui que
nous vous offrons. Le seigneur Risotto vous

saura demain un gré infini d'être restée ici pour lui tenir compagnie.

Tout en plaisantant de la sorte, le vaillant caparetier fichait les chevilles de fer dans les joints les pierres du parapet. Puis il y attacha le plus solidement possible l'échelle dont l'extrémité flottante fut jeté dans l'espace obscur, en dehors de la muraille.

M. de Plotinière salua alors Jacqueline de Montbel et dit :

— Madame, nous touchons au moment critique. Encore un instant de résolution et d'énergie, et cette prison n'existera plus pour vous. Notre maître vénéré vous attend. Que la pensée de rejoindre avant peu le grand homme qui est votre époux vous donne, non pas le courage, car vous l'avez, mais la force nécessaire pour quitter de cette façon un peu étrange et risquée le château dont vous êtes pourtant la maîtresse.

— Je suis prête, monsieur. Dieu donnera, je l'espère, la solidité du fer à mes mains de femme.

— Cela étant, madame, je réclame l'honneur de vous montrer le chemin.

— Non, monsieur, dit Troquemarton, je demande, moi, à descendre le premier comme le plus vieux de la compagnie !

— Non pas, mon brave Joas ! Nous ne sommes pas absolument sûrs que l'échelle soit solide ; et nous savons, en tout cas, que, pour le premier qui s'y risquera, elle sera flottante dans le vide. C'est mon droit de tenter l'aventure. Si quelque accident doit en résulter, ma vie seule, à moi qui vous ait conduit ici, doit être exposée et je serai fier de la perdre pour avoir voulu rendre service à M. l'amiral. Mais trève de paroles, à l'action !

XV

DÉPART DES OISEAUX

Le courageux jeune homme, passant par l'ou-
verture du créneau à côté duquel on avait suspendu l'échelle, commença son périlleux voyage,
après avoir salué de nouveau Jacqueline de
Montbel, et en disant à maître Troquemarton :

— Si j'arrive sauf au port, vous en serez averti
par trois secousses que je donnerai à l'échelle.
Vous pourrez vous y fier à votre tour, et la descente pour vous sera plus facile, car je vous main-
tiendrai l'échelle tendue.

— Bien, monsieur. A bientôt! Ne vous pressez
pas et soyez prudent. Songez seulement que
l'aube ne doit pas nous surprendre ici, et que
mon galopin de Furet doit commencer à être furieusement inquiet, de l'autre côté du ravin, au
milieu de ses bêtes.

Pendant que M. de Plotinière, balancé comme

une araignée au bout d'un fil, exécutait sa descente, les lèvres de maître Troquemarton, penché sur l'abîme où s'enfonçait le gentilhomme, remuaient vivement, et son air était mélancolique.

Achevait-il, en soliloque muet, la réflexion qu'il avait émise tout haut à propos de la position sans charmes de son petit Furet, ou bien faisait-il tout bas une prière pour le salut de M. de Plotinière, c'est ce qu'il serait difficile de préciser.

Mais nous aimons à croire qu'il recommandait au ciel la vie du jeune homme qu'il avait déjà arraché une fois à la mort.

Au bout de quelques minutes, maître Troquemarton se redressa, rayonnant. L'échelle avait été agitée trois fois. Sa main avait perçu les trois secousses bien nettement.

— Largourlet, descendez, dit-il. Deux hommes au bas de la muraille maintiendront pour Madame d'Entremont l'échelle comme barre de bois.

Largoulet descendit avec le même bonheur que M. de Plotinière.

Puis ce fut le tour de Jacqueline, qui voulait montrer l'exemple à sa chambrière.

La pauvre Marcelle était pâle comme une morte.

Elle fermait les yeux, quoi qu'il fît nuit, et se bouchait les oreilles, quoi qu'il régnât un profond silence.

Troquemarton, au bout d'une minute, jeta une exclamation de joie, et, touchant l'épaule de Marcelle :

— La dame d'Entremont a bravement pris terre, mon enfant. L'échelle est maintenant tendue et la descente aussi douce que celle d'un escalier. C'est votre tour, allons !

— Eh bien, oui, allons ! fit-elle dans un accès d'intrépidité.

Le bon cabaretier l'aida à mettre le pied sur l'échelle, lui assura la main sur les cordes. Il l'encourageait gaiement.

— Je vous prendrais bien sur mes épaules, ma belle, lui disait-il ; mais je suis un brin pesant, et le couple assorti que nous ferions ainsi, encore que vous soyez légère comme un bouquet, amènerait sans doute la rupture de notre escalier volant. Descendez donc seule et sans crainte, mon joli cavalier. Et si, arrivée sur le rocher, il vous venait à l'idée, par hasard, que la position de ca-

baretière au bord de la Loire n'est pas à dédai-
gner, rappelez-vous que frère Abdon n'a pas encore prononcé ses vœux, et qu'il va même, révérence parler, dépouiller au plus vite la robe de
son ordre. Allons, bon voyage, ma mignonne!

Il suivit d'un regard ému la descente de la ca-
mériste, qui, se cramponnant nerveusement aux
cordages, arriva bientôt sans encombre auprès
de sa maîtresse.

Alors maître Troquemarton, rassuré, se hâta
de procéder au changement de toilette qu'il n'avait
osé opérer en présence des dames. Il se trans-
forma rapidement en simple montagnard, au
moyen des vêtements contenus dans un paquet
apporté par Marcelle.

— Et maintenant, en route! s'écria joyeusement le cabaretier en enjambant assez lestement
le créneau.

Il eut vite rejoint les quatre personnages qui
l'attendaient au pied de la muraille.

Son arrivée fut joyeusement saluée.

—A présent, dit-il, en reprenant haleine, nous
allons descendre de roche en roche dans le ravin,
traverser le torrent qui coule au fond, — simple
bain de pieds, — et remonter vivement l'escarpe-

ment qui est situé vis-à-vis de l'endroit où nous sommes. A mi-côte, nous trouvons un sentier qui rejoint la route où nous attend mon excellent Furet.

La marche était plus facile à décrire qu'à suivre. Néanmoins, grâce à la bonne humeur et à l'assurance de maître Troquemarton, on l'exécuta de point en point.

On y gagna quelques écorchures qui n'étaient point sur le programme, attendu qu'un bain de pieds seul avait été promis; mais, au moment où les premières lueurs irisées de l'aurore diapraient le ciel, au-dessus des montagnes, du côté de l'est, les évadés atteignaient enfin la route déserte où Furet se tenait en faction depuis minuit.

Ils l'aperçurent au pied d'un rocher colossal.

Le galopin de cuisine promu d'abord charretier, et monté maintenant, dans l'ordre équestre, au grade de muletier, était effectivement entouré de plusieurs bêtes, mules et chevaux, comme l'avait annoncé son patron; et il s'ennuyait fort, regrettant les casseroles du Blésois, au centre de ses compagnons de veille.

Mais son front soucieux se dérida à la vue des voyageurs harassés qui se dirigeaient vers lui.

10

— Un, deux, trois, quatre, cinq, dit-il, en les comptant : ce sont eux ! et il quitta ses bêtes pour s'avancer à la rencontre des arrivants.

— Maître, vous le voyez, j'ai réussi, dit-il en abordant son patron. Le maréchal-ferrant d'Entremont a eu l'obligeance et l'adresse, — mais ça a coûté gros ! — de me procurer deux mulets et de les faire sortir du village, sans éveiller les soupçons, en compagnie des deux mules et des deux chevaux de notre train. Voilà les six montures demandées.

— Merci, Furet ; la sauce est bien liée, répondit culinairement maître Troquemarton.

— Merci, Furet, reprit M. de Plotinière, merci, au nom de tous pour votre dévouement à la bonne cause, la cause des dames et de M. l'amiral. Et maintenant, ajouta-t-il, en selle !

— On n'a pas le temps de respirer, murmura Marcelle.

— Il faut, en tout cas, que nous sortions au plus vite des États de M. de Savoie. Il faut que nous déjeunions sur la terre de France, et que nous soyons demain soir à Grenoble.

— Hum ! je ne sais trop, grommela Furet, si c'est l'avis de mes bêtes !

— Il faut que ce soit leur avis, insista M. de
Plotinière. Quand nous serons tout à fait hors
des griffes de M. le duc. nous aurons triomphé
du premier péril. Mais ne croyez pas, mes amis,
que ce soit le dernier !

— Vous avez raison, dit la dame d'Entremont.
Il n'y a pas une minute à perdre.

Et les six cavaliers, plus ou moins bien montés, se mirent en route du côté de la frontière de
France.

L'allégorie gravée sur *l'œuf de Nuremberg*
était justifiée : les renards avaient vaincu, la cage
était ouverte, les oiseaux s'étaient envolés.

XVI

DEUX BRAVES

Revenons à la troupe lancée sur la piste de M. de Plotinière par le senor Montemoreno, agent de Sa Majesté catholique auprès de Sa Majesté très chrétienne, c'est-à-dire agent du roi d'Espagne auprès du roi de France.

Après une série de marches et de contre-marches, échinantes et sans résultat, dans les environs de Lyon, cette troupe, conduite par un prétendu hidalgo qui se faisait modestement appeler « l'invincible capitaine Punto », avait poussé en avant. Nous la retrouvons au-dessus de Grenoble, sur la route de Valence, au lieu dit l'Allègrerie, embusquée dans l'unique hôtellerie de l'endroit, quelques jours après l'évasion de Jacqueline de Montbel.

Cette fois, Punto croit être à peu près certain de mettre la main sur M. de Plotinière. Un paysan, qu'il a interrogé le matin, lui a appris qu'une troupe de cavaliers s'avance derrière lui avec prudence, et doit infailliblement passer à l'Allègrerie dans la soirée. Ce précieux renseignement donné, le paysan en question, que suivait un très beau chien de montagne, noir et blanc, à longs poils. s'est remis joyeusement en chemin, se rendant à Grenoble.

L'invincible capitaine Punto a donc pris ses dispositions pour ne pas laisser échapper cette fois l'occasion qui se présente enfin de saisir ses insaisissables adversaires. — si toutefois la chose n'offre point des dangers insurmontables.

Ses hommes sont internés dans les écuries de la maison. Ils n'en doivent sortir, en armes, que lorsque la troupe signalée par le paysan fera son entrée dans la cour de l'auberge, et au moment même où les cavaliers descendront de cheval.

Ces soins pris, l'invincible capitaine Punto rassure l'aubergiste qui craint pour sa vaisselle et pour sa cave, et lui affirme, en usant des rodomontades familières à ses compatriotes de sa profession, que ce sera l'affaire d'un instant.

— Ne craignez rien, mon pauvre homme ! Vous sommes en force ! Je vous jure que si le ciel s'abaissait, nous pourrions le soutenir avec nos seuls bras.

Et il ajoute :

— En Alger, je coupais les têtes des Mores, et je les jetais en l'air, et si haut, qu'avant qu'elles retombassent elles étaient à moitié mangées des mouches ! L'hôte ne paraît pas du tout rassuré par ces fières paroles.

Comme il tient essentiellement à ce que sa maison ne devienne pas le théâtre d'une lutte sanglante, et sachant par expérience que ce serait lui, hélas, qui payerait les pots cassés par tout le monde, il a pris la saine précaution d'envoyer secrètement un de ces valets en avant, sur la route par laquelle doivent arriver les cavaliers menacés de male mort, afin de les prévenir d'avoir à rebrousser chemin.

Le valet a rempli sa commission avec bonheur.

Seulement, la troupe qu'a rencontrée le valet, à une lieue de l'Allègrerie, ce n'est point du tout la troupe de M. de Plotinière, c'est encore la troupe des gens de M. d'Angoulême, commandée par un non moins vaillant capitaine, du nom de Scurriculo, gentilhomme romagnol, à ce qu'il prétend du moins.

En apprenant soudain que les fugitifs après
lesquels il court depuis si longtemps sont près
de lui et l'attendent en embuscade dans une auberge de l'Allègrerie, ce qui lui annonce que
l'heure d'un combat suprème va certainement
sonner, sous peu, le vaillant capitaine Scurriculo
n'éprouve qu'une joie modérée.

D'abord, il est las de son expédition.

L'argent qu'il a reçu avant de l'entreprendre
est depuis longtemps mangé ou perdu au jeu;
dans tous les cas, fini, évaporé. En somme, ce
serait pour l'honneur — seulement pour l'honneur ! — qu'il mettrait maintenant l'épée à la
main.

Or, ses hommes n'ont pour l'honneur qu'une
estime toute platonique. Ses hommes sont moroses. Ils ont le ventre vide depuis la veille. La
maraude et l'intimidation ne leur procurent plus,
chez les paysans, que des ressources médiocres.
Croirait-on que chaque poulet exige presque une
lutte !

En outre, le capitaine Scurriculo songe que,
bien qu'un homme averti en vaille deux, il ne lui
sera pas donné de surprendre M. de Plotinière,
puisque le valet de l'Allègrerie l'avertit que les

cavaliers de l'auberge sont également sur leurs gardes. Cette indication contrarie diablement ses plans.

Le vaillant capitaine trouve qu'à vaincre sans péril on triomphe sans gloire peut-être, mais avec excessivement plus de commodité. Et, des coups futurs paraissant imminents, il se demande s'il ne serait pas plus profitable pour les siens et pour lui, les choses ayant ainsi changé de face, d'offrir à M. de Plotinière, moyennant quelque finance, de lui laisser poursuivre son voyage, après avoir essayé de l'intimider.

Des êtres scrupuleux et timorés pourraient trouver que c'est trahir M. d'Angoulême; mais quoi! à l'impossible nul n'est tenu!

Tout en faisant ces réflexions, Scurriculo conduit avec une sage lenteur sa troupe vers l'Allègrerie.

La nuit étend partout ses voiles.

De son côté, Punto, l'autre invincible capitaine, dont la valeur et la bourse sont dans le même état de stagnation que la bourse et la valeur du vaillant capitaine Scurriculo, se dit que le moment du trépas s'approche peut-être pour lui, et qu'il se peut qu'il ait bientôt à sacrifier sa vie; —

et pourquoi? pour moins que rien! pour une vague parole donnée, en échange de quelque misérable argent, au senor Montemoreno!

Le paysan, interrogé le matin, lui a dit que la troupe ennemie s'avançait avec une prudence extrême sur sa route. Il en conclut que M. de Plotinière ne se laissera pas capturer sans se défendre furieusement, et qu'il est prêt à tout évènement.

— Je suis à bout de ressources, pense le noble hidalgo. Après tout, que me fait, à moi, que M. de Plotinière atteigne le but de son voyage? Ne vaudrait-il pas mieux s'entendre, en galants hommes, que de s'entr'égorger comme des brutes? Bah! que M. de Plotinière m'offre une somme raisonnable, et, ma foi! je tourne bride, avec les honneurs et les profits de la guerre. J'en serai quitte pour déclarer à qui de droit que j'ai été surpris et déconfit par mon adversaire. A très beau mentir qui vient de loin.

A mesure que s'écoulaient, rapides, les instants qui les séparaient du moment où ils devaient se trouver en présence, chacun des deux hommes d'épée sentait s'affermir en lui la résolution de n'en venir aux mains qu'après avoir essayé de traiter les choses à l'amiable.

En conséquence, lorsqu'il entendit dans le lointain le pas des chevaux de la troupe conduite par celui qu'il croyait être M. de Plotinière, l'invincible capitaine Punto fit sortir ses hommes des écuries, les fit monter à cheval, et les plaça en ligne devant l'hôtellerie, sur la route. Mais il leur avait au préalable donné la sévère consigne d'attendre son signal et son ordre pour se jeter sur l'ennemi.

Il se mit à leur tête, le pistolet au poing, et attendit, en disant :

— Par les trente-trois balafres de ma figure, ces gens vont comme des tortues!

Il est de fait que les cavaliers du vaillant capitaine Scurriculo, s'ils dévoraient l'espace, le dévoraient sans appétit.

Néanmoins ils finirent par apercevoir la troupe qui barrait la route devant l'auberge.

Ils firent halte instantanément, à trente pas d'elle.

Leur chef s'avança, seul, à la rencontre de son collègue, qui venait également de quitter ses hommes

Et ce fut en même temps, et presque de la même voix que ces deux grands hommes de

guerre se lancèrent, l'un à l'autre, cette parole
solennelle :

— Monsieur de Plotinière, vous êtes mon prisonnier ? Rendez-vous, ou vous êtes mort.

L'aubergiste, qui avait mis le nez à la fenêtre
du grenier où il s'était réfugié avec ses valets,
écouta cette injonction avec surprise, et murmura :

— Je ne savais pas leurs noms, mais il paraît que
ces messieurs s'appellent tous les deux M. de
Plotinière. Ce sont deux frères probablement.

Non, les deux dignes personnages n'étaient
frères que par leur commune déception. Mais,
sur ce point-là, on peut dire qu'ils étaient ju-
meaux.

C'est ce qu'ils reconnurent avec une mélan-
colie mêlée de colère, après avoir échangé quelques explications. Ils constatèrent que le destin
s'était fait d'eux un jouet à deux têtes.

Mais cette désagréable découverte, tout en les
éclairant enfin sur leur situation, ne leur donnait
nullement le moyen, même en s'unissant dans
leur déconvenue, de mettre la main sur cet invi-
sible Plotinière qui déplaisait si fort à leurs
maîtres respectifs.

Comme ils devisaient encore sur les bizarreries fatigantes et onéreuses de leur position, et tandis que leurs cavaliers caressaient déjà l'espoir de fraterniser bientôt avec un affectueux abandon, aux yeux épouvanté de l'hôte, on entendit soudain le bruit, grandissant de moment en moment, du galop formidable d'une nombreuse cavalcade arrivant évidemment droit sur l'auberge avec la fougue d'un torrent des montagnes au mois de mars.

Puis des lumières apparurent à quelque distance dans l'obscurité.

— Par l'âme de mon père, homme de bien ! s'écria l'invincible capitaine Punto, mais ils vont nous passer sur le ventre !

— Place ! place ! rustauds ! ou nous vous écrasons ! crièrent des voix lointaines.

Les deux capitaines n'eurent même pas le temps de donner des ordres à leurs hommes, car, au bout d'une seconde, ils étaient rejoints par un furieux escadron, qui passa comme une avalanche devant l'auberge, trouant les deux lignes de cavaliers qui se faisaient vis-à-vis sur la route.

Un instant d'inexprimable désordre s'ensuivit.

L'escadron inconnu, au milieu duquel se trouvait une riche litière que précédaient des porteurs de torches à cheval, continua sa route ventre à terre sans s'inquiéter des suites de son passage.

Ces suites consistaient en bosses, plaies et contusions attrapées par les cavaliers qui ne s'étaient pas rangés assez vite des deux côtés de la route. et dont quelques-uns avaient été démontés violemment.

Au nombre de ceux qui avaient été jetés à bas de leurs chevaux au moment du choc, il faut compter principalement l'invincible capitaine Punto et le vaillant capitaine Scurriculo.

Les chevaux, affolés, s'étaient éloignés au galop dans la campagne, et les maîtres gisaient sur le sol, à jambes ribindaines, selon le mot de Rabelais

On les releva, moulus comme grains de moutarde, et ils furent transportés dans l'auberge.

La coupe cette fois était comble. Les deux compères maudirent le ciel et les hommes, en plusieurs langues, pendant un bon quarţ d'heure, tout en buvant un cordial.

A la fin de ce quart d'heure consacré à de soulageants blasphèmes, le vaillant capitaine Scurriculo et son collègue éprouvèrent une des plus grandes surprises de leur vie.

Un de leurs hommes leur apporta, — pleine ! — une bourse qu'il venait de ramasser sur la route, pendant qu'il cherchait les pièces de son harnois éparpillées dans la poussière.

Cette bourse était lourde. Ouverte, elle se révéla pleines de pièces d'or auxquelles une lettre cachetée servait d'enveloppe.

Scurriculo ouvrit la lettre. Punto la lut :

Elle contenait cet avis

« Madame de Châtillon est libre. Cinquante gentilshommes de ses parents et leur suite, ainsi que M. de Plotinière et ses amis, l'escortent jusqu'à la Rochelle. Tournez bride et buvez bouteille à la santé de M. l'amiral. Ce billet était signé : frère Abdon, des Guillemites. Les deux capitaines se regardèrent, comme se seraient regardés deux augures à Rome. Ils se comprirent dans un sourire, oubliant leurs maux sur lesquels le contenu de la bourse mettait un baume précieux.

— Ma foi ! dit le vaillant Scurriculo, je suis beau joueur, moi ! je reconnais que nous avons perdu la partie. Demain, je reprends la route de Blois.

— Moi, je suis humain! dit l'invincible Punto. Poursuivre M. de Plotinière, qui vient de mettre nos hommes en marmelade, ce serait sacrifier leur vie de gaîté de cœur! Demain, je serai en route pour la cour.

Ayant ainsi accordé leurs flûtes, les deux grands hommes de guerre appelèrent l'hôte, et lui commandèrent de leur faire chauffer, avant qu'ils n'allassent se mettre au lit, un fort pot de vin aux épices.

XVII

EN VUE DU PORT

Quelques étapes séparaient encore les voyageurs du but de leur aventureuse chevauchée à travers le centre de la France. Elle s'était accomplie rapidement et sans encombre. On parcourait d'ailleurs des contrées acquises en grande partie à la Cause. Des incidents de médiocre importance s'étaient pourtant produits çà et là. Mais l'imposante escorte de la baronne d'Anthon en avait facilement annihilé les risques ou dompté les périls.

Les gentilhommes qui briguaient chaque matin l'honneur de se faire les fourriers de la noble dame, avaient donc réussi sans trop de peine à lui faire donner, chaque soir, dans les châteaux, ou lui improviser, dans les hôtelleries dont était jalonnée la route de la Rochelle, une hospitalité digne de son nom et de sa grâce.

En vue du port, c'est-à-dire, — car nous ne parlons ici qu'au figuré — à une journée de Marans qui devait être l'avant-dernier relai du voyage, le sort désigna M. de Plotinière pour aller préparer les logements de la nuitée du lendemain.

On comptait s'installer dans le château lui-même, qui était inhabité, le seigneur de Marennes, de la seigneurie duquel dépendait Marans étant pour lors en Angleterre.

M. de Plotinière se mit en route, dès l'aube, suivi de son fidèle Largoulet. Maître Troque-marton avait demandé à faire partie de cette avant-garde d'honneur, et, bien entendu, Furet, brave devant tous les feux, qu'il s'agit d'un fourneau ou d'une arquebuse, accompagnait son joyeux patron.

On arriva le soir à l'entrée d'un pays de marécages où les routes sont des canaux, où les sentiers sont des ruisseaux, et dont les champs semblent être les îlots mis en culture et bordés de saules d'un immense archipel.

Le soleil allait disparaître et tandis que, dans les terres ténébreuses, les eaux stagnantes, à perte de vue, s'enflammaient aux rayons de l'astre

11

expirant, le ciel, en ignition, était semé de milliers de petits nuages couleur de cuivre rouge flottant sur un océan de pourpre.

Au-dessus de l'horizon qui tirait une barre sombre, sans limites, entre les marécages incendiés et le ciel en feu, se dressait sèche et précise, la silhouette noire du donjon et des bâtiments crénelés du château de Marans.

La solitude était complète. Un vent doux et plaintif, par instant, retroussait les feuilles des osiers au bord des eaux qui se ridaient subitement, et semblaient alors charrier des braises.

Quelques oiseaux de marais, en route pour la couchée, apercevant dans les brumes naissantes du sol le groupe des quatre cavaliers, décomposaient soudain le grand triangle qu'ils traînaient dans l'espace et, inquiets, retournaient sur leur vol en poussant des cris de vigie dans les hauteurs de l'air.

Mal orientés, ou n'ayant pas observé à la lettre les indications sur la route à suivre qu'avaient données les paysans rencontrés dans l'après-midi, M. de Plotinière et ses compagnons, s'étaient insensiblement écartés de l'unique grande voie. praticable pour les chevaux, établie sur une levée de terre, et qui aboutissait au château, aprés avoir dssiné de capricieux zigzags dans le désert marécageux de cet étrange pays.

Tout chemin solide cessant, il fallut mettre pied à terre, et attendre l'avis d'un *cabanier* qu'on hèla dans le champ où il travaillait encore malgré l'heure avancée.

On appelle cabanier, dans les marécages de la Saintonge, l'habitant de ces petites fermes bâties au sommet d'un monticule de terres, au centre des carrefours que forment les voies liquides.

Le *cabanier* que M. de Plotinière eut le bonheur d'évoquer, à force de cris, daigna quitter sa besogne et vint dans son bachot, dirigé à coups de gaffe, accoster la rive où les cavaliers démontés et leurs chevaux affamés, se tenaient mélancoliquement, les uns à côté des autres, unis par le trait-d'union de la bride.

Un poète imaginatif eût trouvé que, dans le crépuscule, ils avaient l'air d'ombres de guerriers avec des ombres de montures, attendant la barque de Caron, au bord du Styx.

Mais aux yeux du cabanier, ils firent tout simplement l'effet de voyageurs égarés, d'aspect débonnaire, d'une tenue qui n'annonçait en rien la misère, et dont il serait facile de tirer peut-être une forte aubaine.

Les explications échangées le confirmèrent dans son idée que ce quadrille de gentilshommes était disposé à le payer généreusement, et il leur offrit, vu les difficultés de la recherche de la route perdue, et vu le temps à perdre dans cette recherche, de les héberger jusqu'au lendemain matin dans sa cabane où, affirmait-il, on trouverait le dormir après le manger, le tout de bonne qualité, et au plus juste prix.

Une heure après, grâce à un renfort de bachots qui, construits qu'ils sont pour le transport des bestiaux dans les champs, embarquèrent sans difficulté les chevaux avec leurs cavaliers, les éclaireurs de la dame d'Entremont étaient assis devant une table modestement garnie, sous un toit de chaume à l'épreuve des pluies les plus perçantes.

Et leurs bêtes, non loin d'eux, partageaient avec de sociables ânes à longs poils noirs, que l'arrivée de ces hôtes inattendus n'étonna pas peu, la rustique provende servie dans les rateliers.

Les voyageurs à quatre pieds trouvèrent, à l'unanimité, la chère délicieuse, mais les voya-

geurs à deux pieds, nommément maître Troquemarton et Furet, ne firent pas preuve d'une satisfaction enthousiaste.

Un certain oiseau de marais, vanté comme
une pièce rare par le cabanier, s'autorisa de la
solitude du lieu et de son voisinage de la mer,
pour offrir à leur palais les saveurs combinées
d'une volaille centenaire et d'un poisson sur le
déclin de sa fraîcheur.

Tandis que Furet regrettait amèrement les
lapins harmonieusement ensaucés qu'il avait
jadis l'habitude de prendre sur les fins repas des-
tinés aux nains de la cour ; tandis que maître
Troquemarton déplorait, pour l'honneur de sa
profession, le désarroi culinaire auquel il était
obligé d'assister sans protester, M. de Plotinière
jurait, mais un peu tard, qu'il ne mangerait
plus de sa vie d'un animal dont l'amphibisme
était tel qu'il rappelait à lui seul, à la fois, ce
qu'il y a de plus exécrable, en fait d'arrière-goût,
dans les créatures de la terre, de l'air, de l'eau
douce et de l'eau de mer.

Cet infâme gibier, dont nous nous garderons
bien de révéler le nom, encore que nous soyons
bien certain, hélas, que ce récit ne le fera point

passer à la postérité, pesa si lourdement sur le
cœur pourtant solide du brave gentilhomme, qu'il
lui fût impossible, non pas de fermer l'œil, mais,
l'œil fermé, de s'assoupir, après avoir étendu ses
membres las sur la paille du réduit d'honneur
où on l'avait conduit à l'issue du souper.

Il ne dormait donc point du sommeil du juste
et maudissait les restes trop peu mortels de
l'oiseau de marais, quand, au milieu de la nuit,
un bruit de voix étouffées, faible et intermittent,
qui partait de l'écurie voisine dont il n'était séparé que par quelques planches, attira peu à peu
son attention.

Ce que disaient ces voix, bien que leur murmure fût fréquemment couvert par le piétinement
des chevaux et des ânes dans les roseaux secs de
leur litière, captiva si fort à la fin l'esprit de l'auditeur, qu'il ouvrit fiévreusement ses deux oreilles,
et se dit tout bas en souriant, mais avec gravité :

— Abominable oiseau de marais, je suis obligé
de te bénir ! Sans toi, noyé dans les plus doux
rêves, je n'entendais pas cette petite conversation
nocturne, et madame d'Anthon était perdue.

Cette réflexion faite, M. de Plotinière se remit
à écouter, renouant entre eux les lambeaux de

dialogue qui lui arrivaient à travers la cloison, et luttant avec énergie contre les assauts subits d'un sommeil de plomb qui, par une réaction soudaine, mais naturelle, succédait à l'état d'extrême surexcitation de son cerveau en arrêt.

XVIII

AU CHATEAU DE MARANS

Il faisait grand jour, quand M. de Plotinière se dressa sur sa couche prestement, entonna un air de chasse et réveilla ses hommes.

Ceux-ci avaient dormi comme des loirs en septembre, c'est-à-dire comme des loirs gorgés de raisin, qui sont rentrés dans leur trou après une petite promenade au clair de lune à travers les treilles.

A la question de son hôte qui, lui, rentrait d'une course matinale, et lui demandait comment il avait passé la nuit, M. de Plotinière répondit qu'il avait reposé parfaitement, délicieusement bercé par il ne savait quelles *matines* chantées à voix basse dans l'écurie.

— Vraiment! dit le cabanier. Des matines ? Alors, je ne me suis donc pas trompé, hier, et je n'ai pas manqué de flair.

— Que voulez-vous dire ?

— Un mien cousin, ancien soldat, dont la tête est tant soit peu dérangée, entre nous, et qui demeure dans le bourg de Marans, m'avait fait jurer hier de loger ici deux voyageurs qui se préparent à passer en Angleterre. A leur fumet, je ne vous le cache pas, j'avais deviné leur profession, et je les avais parfaitement reconnus pour moines, bien qu'ils ne portassent pas l'habit crasseux de leur ordre. En cela, ils ont bien raison, car malgré l'édit de pacification, la robe d'un religieux est loin d'être une sauvegarde en nos pays. — Donc, hier, dans l'après-midi, j'ai reçu mes benoîts voyageurs, qui ont l'escarcelle bien garnie, ma foi, et sans leur faire part de mes remarques, je les ai mis à côté de mes ânes. Ils étaient libres de leur apprendre à braire en latin. Il paraît qu'ils l'ont essayé, cette nuit, puisque votre seigneurie a été incommodée par leurs prières, mais ils n'ont pas réussi, et mes ânes sont loin d'avoir l'accent papal, ce matin, comme vous pouvez vous en rendre compte.

En effet, les ânes sonnaient en ce moment un boute-selle ou un boute-bât, en pur français àsinesque.

— Que sont devenus ces voyageurs ? demanda M. de Plotinière à l'issue de cette fanfare.

— Ils sont partis à l'aube, sans bruit, pour ne déranger personne, m'ont-ils dit, quand je les ai reconduits, il y a une heure, dans mon bachot, au bon chemin de Marans.

— Alors, il faut que je me sois assoupi, ne fût-ce qu'un seul instant, songea le jeune homme furieux, car je n'ai rien entendu.

— Et tout haut, il reprit, au vif étonnement du cabanier.

— Décidément, que l'oiseau de marais soit maudit !

— Puis, pendant que le paysan, aidé par maître Troquemarton, Largoulet et Furet, préparait tout pour le départ, après la prise d'un léger viatique, M. de Plotinière se plongea en de graves et pénibles réflexions.

Il avait surpris un secret.

Un complot était formé par les ennemis achar nés de l'Amiral.

La dame d'Entremont en était l'objet. Un homme habilement excité, mené, préparé, n'ayant d'attaches avec personne, au dire des deux mystérieux voyageurs, était prêt à l'exécuter. La cou-

chée au château de Marans devait lui en fournir
l'occasion.

Hélas ! M. de Plotinière avait eu connaissance
de tout cela, et il s'était endormi, sentinelle dé-
shonorée, au lieu de courir sus, immédiatement,
à ces hommes.

Sans doute, sans ce misérable instant de sommeil irrésistible ; sans doute avec un peu plus de
précipitation, il aurait peut-être pu faire prison-
niers les deux voyageurs et obtenir d'eux une
révélation suprême. Mais qui sait ? ces gens étaient
évidemment sur leurs gardes, prêts à tout, at-
tentifs à la première alerte, et ils auraient peut-
être pu aussi lui échapper, sans retour, favorisés
par les ténèbres, servis par les difficultés d'un
pays inconnu du jeune homme et de ses compagnons.

Par suite, sains et saufs et avertis en outre que
leur secret n'était plus en leur seule possession,
ils devenaient les maîtres de la situation ; leur
prudence dûment éveillée et pour jamais, formait
des combinaisons sans nombre, inextricables,
impossibles à prévoir, car l'espoir d'être fortuite-
ment instruit à temps, encore une fois, de leurs
menées nouvelles, était absolument chimérique.

Tandis que, puisque le destin l'avait voulu, en laissant les choses suivre leur cours connu, cours auquel il était bien probable que les voyageurs, dans leur ignorance du péril, ne changeraient rien, M. de Plotinière conservait encore l'espérance de fondre avec succès, au moment favorable, sur l'homme non prévenu et sans défiance, qui était le bras du complot.

Et M. de Plotinière, rasséréné quelque peu par cette idée consolante, murmura :

— C'est au château, ce soir, qu'il faudra vaincre ou qu'il faudra mourir pour l'honneur de mon nom que ma négligence a compromis; pour le bonheur de mon maître, que j'ai mis en péril et pour l'amour de ma bien-aimée, qui a foi dans ma parole !

Seul, j'ai commis la faute, je tenterai de la réparer seul. Advienne que pourra !

Maître Troquemarton interrompit le soliloque mélancolique et résolu de M. de Plotinière, en lui annonçant que les chevaux étaient embarqués et qu'on n'attendait plus que lui pour se mettre en route.

— Eh! bien, à cheval ! je veux dire en bateau ! fit M. de Plotinière avec un sourire bref.

Le soleil n'avait pas encore atteint le zénith
quand les cavaliers, remontés sur leurs bêtes,
firent enfin irruption dans le château de Marans,
après avoir bruyamment annoncé sur leur passage, en traversant le bourg, selon l'ordre du chef,
l'arrivée pour le soir même de la seconde femme
de monseigneur l'Amiral se rendant auprès de
son illustre époux, à la Rochelle.

M. de Plotinière, le cœur plein de soucis, mais
le visage riant, visita le château de fond en comble, à la muette stupeur du gardien et de sa fa-
mille laissés en la demeure par le seigneur de
Marennes, et il envoya chercher dans le bourg,
en faisant appel aux sentiments de dévouement
des coreligionnaires du grand Coligny, le linge,
les fleurs et l'argenterie nécessaires au service de
la chambre de madame d'Anthon.

Les objets demandés arrivèrent en foule avec
leurs propriétaires, ceux-ci portant ceux-là ; et,
sous l'œil de maître Troquemarton, s'opéra le
changement à vue d'un nid de soldat abandonné
en un agréable logis demi-bourgeois, demi-prin-
cier, égayé par des fleurs sentant bon que ré-
chauffaient des feux allumés dans les pièces humides.

Dans les cuisines, où Furet s'était établi à la tête de gamins promus au grade de marmitons, une odeur non pareille saisissait joyeusement les muqueuses des nez les plus détachés des rôtis de ce monde.

Quant à Largoulet, devenu soudain grand sénéchal et camérier intime, il conduisait une rieuse sarabande de paysannes et de demoiselles à travers les chambres à coucher et les invitait à garnir de draps blancs, exhalant la fine odeur des prés où ils avaient séchés, les lits antiques de ces pourpris moroses.

La besogne se faisait vivement et follement, et des rires de seize ans faisaient explosion dans tous les coins, au fond des ruelles, sous les courtines piquées des vers, à l'ombre des baldaquins les plus réchignés par l'âge.

M. de Plotinière, tel un courtois *Deus ex machina*, était partout, surveillait tout, l'œil au guet, l'oreille tendue, aidant d'un mot aimable, encourageant, remerciant.

Parmi les habitants du bourg qui, des premiers, se précipitèrent sur le pont-levis du château, les bras chargés, pour répondre à l'appel de M. de Plotinière, celui-ci remarqua un droit et frais

vieillard, à la barbe tordue comme celle d'un
Moïse, et dont le pas, encore que pesant, gardait
visiblement l'habitude prise autrefois de la marche régulière et cadencé d'un corps de troupe en
route pour la bataille.

— Un vieux soldat, se dit le jeune homme, et
de tournure bien martiale encore.

Ce disant, il salua respectueusement de la
main, non pas l'humble créature dont son rang
et sa race le faisaient le supérieur hiérarchique,
mais les cicatrices d'un noble front dont sa jeunesse le faisait l'inférieur humain.

Le vieillard s'inclina.

Puis il montra une grossière aiguière d'étain
qu'il portait avec soin, en disant :

— Si la noble dame doit passer la nuit dans la
chambre d'honneur du château, je demande à
y placer moi-même cette aiguière, qui me vient
de mes ancêtres.

M. de Plotinière accéda à ce désir et, touché,
accompagna lui-même le vieux soldat dans la
chambre d'honneur, dont le sol était déjà jonché
de fleurs, selon la coutume, et que des jeunes
filles achevaient de rendre habitable.

— C'est ici que reposera la noble dame ? répéta le vieillard, comme se parlant à lui-même.

— Oui, c'est dans ce lit qu'elle dormira ce soir,
et solitaire pour la dernière fois.

— Que le ciel la protège et lui accorde un sommeil paisible !

— Le Seigneur vous entendra, mon brave; —
et merci pour le souhait, ajouta le jeune gentilhomme.

Alors, déposant son aiguière sur une crédence.
le vieux soldat s'écria d'un air inspiré :

— Si tel est ton dessein, mon Dieu, rien ne
prévaudra contre lui, sinon, l'homme doit se sou-
mettre, courber la tête et obéir. Il le faut ! il le
faut !

M. de Plotinière fit un signe d'assentiment et
congédia d'un geste le sentencieux visiteur, dont
le regard s'exaltait.

Comme le vieux soldat s'éloignait, roide, à pas
lents, une voix pure et enfantine dit avec gaieté :

— Il a reçu un coup de Jacquemard sur la tête,
le bon maître Escarrabillat!

— Pauvre homme ! — c'est un fou.

Après avoir exprimé ainsi sa compassion, M. de
Plotinière se rendit dans les chambres voisines
pour presser les apprêts de la réception, car

l'heure de la venue des hôtes éphémères du château approchait, et déjà, autour des tourelles, les
martinets se livraient à leurs courses circulaires
en poussant des cris aigus.

XIX

LE FLAMBEAU

La dame d'Entremont fit, à la lueur des torches, son entrée au château de Marans, ce dont furent navrés et déconfits les cœurs de maintes demoiselles qui avaient espéré examiner, à l'aise, au grand jour, comment s'habillaient les grandes dames.

La nuit close dissimula heureusement les grimaces de désappointement qu'esquissèrent les visages féminins, découragés par le retard de la noble voyageuse.

La baronne se déclara très fatiguée, soupa dès qu'il fut annoncé que la viande était mise sur table, et demanda aux gentilshommes qui la servaient, fiers de lui présenter le gobelet et la serviette, la permission de se retirer après le fruit.

Appuyée au bras de la timide Marcelle Calbut, et suivie, comme d'un flot respectueux, des plus graves parmi ses compagnons de route, madame d'Anthon se rendit à la chambre d'honneur. Furet, faisant fonction de page, précédait la compagnie

Sur le seuil illuminé, elle trouva M. de Plotinière souriant, la toque à la main, qui semblait lui barrer passage.

Derrière lui, maître Troquemarton tenait un flambeau — et un balai de plumes.

La baronne eut un geste de légère surprise et d'interrogation.

— Que signifie ceci, mon fidèle chevalier, et d'où vient que nous ne vous avons pas vu à table ?

— Madame, cela signifie que j'ai fait avec Troquemarton une dernière visite de la chambre où votre grâce doit passer la nuit et que j'y ai trouvé, ce que je n'ignore pas que vous redoutez de rencontrer, autant que le duc d'Anjou redoute de rencontrer un chat.

— Des araignées ! s'écria piteusement la baronne, qui frissonnait.

— De gigantesques araignées, madame, qui s'étaient tenues dans leurs trous pendant le jour, et qui arpentent maintenant vos courtines avec une hardiesse sans égale.

— Seigneur ! c'est terrible.

Troquemarton leur a porté à l'aide de l'arme que vous voyez, des bottes selon toutes les règles connues ou secrètes, avec une bravoure qui n'excluait pas l'habileté, mais c'est en vain. Il se déclare vaincu par le nombre.

— Que vais-je devenir? je meurs d'effroi.

— Madame, araignée du soir, veut dire espoir, ne vous désespérez donc pas. — Le mal est déjà réparé en partie : nous avons instantanément rendu la chambre de Marcelle digne de vous abriter pour cette nuit. Elle est petite, mais elle n'est pas habitée par...

— Oh! merci, mon vaillant ami!

Et la baronne, souriante de nouveau, se tourna vers les gentilshommes, que ce colloque avait fait intérieurement maugréer contre la pusillanimité des femmes, et elle leur dit :

— Messieurs, pardonnez-moi cette marque de faiblesse. Je ne puis surmonter la répugnance que les araignées m'inspire.

— Allons chez Marcelle, s'il-vous-plaît?

Le cortège revint sur ses pas et, guidé par le jeune homme, accompagna la haute dame dans la chambre désignée par M. de Plotinière.

Nous l'y abandonnerons.

Quand tous les gentilshommes, sauf ceux
que l'ordre de garde adopté depuis le début du
voyage avait désignés pour remplir le rôle de
sentinelles cette nuit-là dans les vastes corri-
dors du château, furent entrés dans les appartements préparés à leur intention sur les ordres de M. de Plotinière, et que celui-ci fut
assuré que tous étaient où ils devaient être, les
uns à leur poste d'honneur, les autres dans
leur lit, il reprit son air froid et résolu, et
dit à maître Troquemarton, lequel était soucieux :

— C'est moi qui logerai cette nuit dans la
chambre d'honneur.

— Monsieur !... — Je ne crois pas à vos araignées, moi, ajouta-t-il à voix basse.

— Chut ! — Je vous prie d'y croire jusqu'à
demain, maître Troquemarton.

— Alors, un danger quelconque, je ne sais
lequel, et dont vous avez eu connaissance, je ne
sais comment, menace... quelqu'un...

— Silence. — Je te confie la garde de cette
porte, que je vais refermer sur moi. Tue, sans
miséricorde, celui ou celle qui voudrait l'ouvrir,
ou qui en sortirait sans moi.

— Très bien. Et la porte de... de mademoiselle Marcelle?

— En faisant cette question, la voix du digne
cabaretier tremblait un peu, car il avait un grand
faible pour la jeune fille.

— Soyez tranquille; c'est Furet qui est chargé
d'y veiller. Il a mes instructions...

— Très bien. Furet est mon élève. Je suis
tranquille. Le chat ne mangera pas la crême, je
vous l'affirme.

M. de Plotinière continua plus gravement.

— Quelque bruit que tu puisses entendre dans
cette chambre, n'en quitte pas le seuil, ami, au
nom du ciel, et n'écoute même pas le bruit qui
pourrait s'élever du côté de Furet, jusqu'à ce que
le jour soit venu.

— C'est entendu. Je suis un Terme.

— A demain, mon ami. — Prends ta dague
en main, je te prie, tout de suite, devant moi.

— Très bien. — A demain, monsieur. Êtes-
vous bien armé?

— J'ai une excellente épée, et j'ai ma dague.

— A la grâce de Dieu, alors.

— Je suis dans sa main, Troquemarton. Au
revoir, s'il lui plaît, adieu, s'il le veut.

Sur ces paroles M. de Plotinière entra dans la chambre d'honneur dont il referma soigneusement la porte. Dans le flambeau posé sur la crédence par maître Troquemarton, à côté de l'aiguière d'étain apportée par le vieux soldat, une cire brûlait paisiblement, la mèche déjà longue.

Elle éclairait vaguement, en le faisant reluire, un grand panneau encadré d'ébène, sur lequel était peint, en pied, un chevalier, vêtu d'une armure à bandes noires et blanches, dont la tête sévère était nue.

M. de Plotinière se jeta tout habillé sur le lit préparé pour la baronne, et regarda pensivement l'austère chevalier, dont le portrait se trouvait situé précisément en face de lui, et près de la crédence.

Il y avait longtemps qu'il s'abîmait dans cette contemplation, écoutant le léger bruit de ruche en travail que faisait son sang dans ses artères, et songeant parfois, avec un spasme douloureux au cœur, à cette belle Marguerite dont la destinée présente lui était inconnue, lorsqu'il s'aperçut que la flamme de la cire, de perpendiculaire qu'elle était, s'inclinait subitement, devenait horizontale, et passait du jaune pâle au bleu vif à sa base.

On eût dit que par une fente soudaine de la boiserie arrivait un souffle qui courbait la flamme.

— Le vent a pris de la force et change de direction, pensa le jeune homme, et il passe à travers les tapisseries qui sont bien mal clouées.

Comme il émettait cette réflexion, un sussurrement bizarre se fit entendre, et la flamme sembla fuir, comme éperdue, la mèche de la cire. En même temps, le regard du guerrier parut s'animer; la tête bougea visiblement.

Un battement de cœur secoua tout à coup la poitrine de M. de Plotinière, et il saisit involontairement sa dague d'une main nerveuse.

Le portrait eut l'air, pendant une seconde, de tressaillir. La flamme de la cire, bleuâtre, et plus horizontale encore, vibrait comme une langue de démon du côté opposé au tableau encadré d'ébéne.

— Il y a une porte dissimulée derrière ce panneau, dit en lui-même, sans effroi, le brave gentilhomme, et quelqu'un cherche à l'ouvrir. Attention. Voilà le moment venu. L'homme du complot est là.

Et, assurant ses doigts autour de la poignée de sa dague, M. de Plotinière, sans faire un seul mouvement du corps, regarda ardemment le sombre chevalier qui, insensiblement paraissait s'avancer vers lui du fond de la chambre.

— O Marguerite! à vous ma pensée de maintenant, si ce doit être la dernière, murmura-t-il.

XX

ESCARRABILLAT

Le tableau tourna, avec l'étroite porte à laquelle il·était fixé sur des gonds qui grincèrent faiblement, et un homme, un vieillard de haute stature, la lame d'un poignard aux dents, apparut.

La flamme, redevenue droite, l'inondait de sa clarté blafarde.

— Le vieux soldat! Le fou! s'écria M. de Plotinière, sautant à bas du lit et courant à l'homme.

— Misérable! que viens-tu faire ici? arrière!

Le vieux soldat jeta un cri rauque et fit un pas en avant, son poignard à la main.

— Je viens venger la mort de mon seigneur et maître! cria-t-il avec exaltation. A mort! je ne puis atteindre son assassin. Mais je lui percerai le cœur en tuant la femme! A mort!

En proférant ces mots, il se rua précipitamment, le visage égaré, en proie à une aveugle frénésie, sur M. de Plotinière, qui avait enveloppé son bras gauche dans une des couvertes du lit, et se tenait en garde, plus stupéfait qu'alarmé !

Soudain, reconnaissant son inexplicable erreur, et se voyant en face d'un homme, l'insensé recula, bondit, et s'enfuit par la porte restée entrebaillée.

M. de Plotinière s'élança à son tour et le suivit, la dague aux reins, dans les ténèbres d'un étroit escalier tournant, qu'ils descendirent tous les deux en roulant comme des pierres sur la pente d'un ravin. Ils tombèrent, en s'écrasant l'un l'autre, à la dernière marche. M. de Plotinière, bien que le plus jeune, mais dont la tête avait donné contre les degrés, se releva le dernier, et ce fut pour voir une ombre noire se découper un instant sur un fond de ciel aperçu dans la découpure d'une baie de porte ouverte, puis disparaître comme si elle s'était engloutie dans une trappe, avec un bruit d'éclaboussement.

Il n'hésita pas et suivit, quoique aveuglé par le sang qui coulait de son front, le chemin qu'avait pris l'ombre. Le pied lui manqua au bout d'une seconde, et il s'abattit dans une eau puante et sans profondeur qui rejaillit bruyamment autour de lui dans le silence.

Au moment où, respirant avec force, il émergeait de ce bain odieux, et songeait qu'il avait plongé sans doute dans une des douves du château, deux larges mains l'empoignèrent au cou, cherchant à l'étrangler.

M. de Plotinière n'avait pas lâché son arme. Il en cribla de coups désespérés au hasard, le corps de l'être qui l'étouffait.

Une des atteintes fut terrible sans doute, car l'étau qui serrait sa gorge perdit de son inflexibilité peu à peu, et par un brusque mouvement énergique M. de Plotinière se dégagea. Il était temps.

Il se dressa, soufflant, regardant le ciel sombre, et, tâtant l'eau avec ses mains, il écouta.

Il n'entendit rien que l'égouttement de l'eau de ses habits dans le liquide saumâtre dont sa bouche était encore inondée.

— Il paraît qu'il est dans ma destinée d'aller rejoindre les poissons, chaque fois qu'on m'attaque, murmura-t-il. Heureusement, aujourd'hui, j'ai pied.

Puis il ajouta :

— Le vieux chien doit être mort. Dieu ait son âme.

— A moi! hurla soudain dans un râle une voix

que M. de Plotinière reconnut parfaitement, avec un tressaillement d'horreur.

— Allons, il n'est pas mort, dit-il. Il n'en paraît valoir guère mieux, pourtant.

— A moi! cria de nouveau le misérable avec un accent délirant.

M. de Plotinière fit avec précaution quelques pénibles pas dans la boue liquide où il pataugeait, transi, grelottant, et demanda :

— Où êtes-vous, l'homme?

— Ici! Je tiens le bord du bateau. Je ne puis y remonter. Grâce! Je m'enfonce, je meurs. A moi!

Guidé par les cris sourds de l'homme, qui semblait avaler l'eau à pleine gorgée et se débattait, M. de Plotinière s'avança avec une peine inouïe dans l'ignoble Phlégéton où il avait failli mourir, et finit par se heurter contre le bois glutant d'une barque sur laquelle, par les marais, le misérable était venu jusqu'au pied du château pour y accomplir son atroce dessein.

Il se hissa dans le bachot, et quand il y fut accroupi à peu près au sec, il saisit et retint sur le bordage la main défaillante de l'infâme meurtrier qui gémissait.

— Grâce! au nom des anges! sauvez-moi la vie!

— Ton nom, interrogea froidement M. de Plotinière.

— Escarrabillat.

— Que t'avait fait cette femme?

— Rien.

— Pourquoi voulais-tu l'assassiner alors?

— En la tuant, je crevais le cœur de l'Amiral?

— Que t'a fait l'Amiral?

— Il est l'assassin de mon maître, de mon général, de mon bienfaiteur!

— De quel général parles-tu?

— De feu monseigneur le duc François de Guise!

— Misérable! tu sais bien que le duc a été tué d'une pistolade, sous Orléans, par Poltrot de Méré!

— Oui, mais c'est Gaspard de Coligny qui a chargé et armé le pistolet de Poltrot.

— Qui t'a fait ce monstrueux mensonge?

— Ceux qui m'ont recueilli, moi soldat, vieux blessé, mourant de faim, quand j'ai été forcé de quitter l'armée... les Révérends pères...

— Tu es fou, vieillard!

— Non! tuer la femme, c'était atteindre l'homme de la Rochelle en pleine âme.

— Monstre! — Un mot de plus, et tu meurs de ma main.

— Mort à Coligny! Dieu l'a condamné!

— Va, tu as perdu la raison, misérable vieillard, et la mienne, qu'avait égarée un moment la colère, me revient à présent. Je te donne la vie, promets-moi sur ton honneur de soldat, de respecter désormais les jours de l'Amiral.

— Je ne puis. La sentence est prononcée!

— Quoi, si je te sauve, tu retournes à ton crime?

— Si Dieu l'ordonne, oui!

— Tu essayerais encore de tuer cette femme innocente ou ce glorieux soldat, au nom desquels je te pardonne?

— Si Dieu l'exige, oui!

— Sans remords?

— Pour assurer le salut de mon âme!

Eh bien, alors, meurs! meurs comme un serpent venimeux! meurs comme un chien enragé! Je rends service à l'humanité en te supprimant!

Et cédant à la fin à un transport de rage longtemps contenue, M. de Plotinière arrache du ba-

teau la main de l'horrible et fanatique vieillard,
dont le corps coule à l'eau qui se referme sur lui
cette fois pour toujours.

Mourant de froid, épuisé par cette suprême
lutte, affaibli par le sang qui a dégoutté de son
front, le pauvre gentilhomme s'étend au fond de
la barque, et tâche de percer du regard ce ciel
noir qui va peut-être assister à sa lente agonie.

Mais voici que la sombre voûte pâlit peu à peu.
Après quelques instants de repos et d'immobilité
qui lui paraissent durer des années, un vague
espoir de vivre s'éveille dans son triste cœur,
une énergie renaissante circule dans ses membres
douloureux. Aux premières lueurs, il aperçoit la
sombre masse des hautes murailles du château,
à quelques pieds seulement de la barque où il
gît. Cette vue indistincte le ranime, il parvient à
ramener la barque, en s'accrochant aux touffes
de roseaux, jusqu'au pied d'une tour. L'ouver-
ture par laquelle il a été précipité dans les marais
se présente à ses yeux, trou noir, qui lui fait
l'effet pourtant de l'entrée du paradis. Il l'atteint.
Il remonte avec ivresse l'escalier tournant et ren-
tre enfin dans la chambre d'honneur. La cire,
usée jusqu'au raz du flambeau y brûle toujours.

Après avoir refermé la porte secrète, il ôte ses vêtements souillés et tombe sur le lit, plutôt qu'il ne s'y couche, et s'endort voluptueusement.

On frappe à la porte. Il s'éveille. Le soleil rit derrière les vitres enchassées de plomb, et semble un poisson de feu pris dans les mailles noires d'un filet bizarre. M. de Plotinière reprend ses sens. Il se revoit dans la chambre d'honneur. Ce n'est pas un rêve. Il est sauvé.

La voix de maître Troquemarton se fait alors entendre. Elle lui paraît délicieuse. Maître Troquemarton s'informe si M. de Plotinière a bien dormi.

— Parfaitement, répond-il, joyeux, mais le corps brisé.

Il se lève. Effroi de maître Troquemarton à la vue de la face ensanglantée du jeune gentilhomme qui, le doigt sur la bouche, dit :

— Silence ! Va me chercher des vêtements secs. Brûle ceux-ci. Pas un mot. Pas un geste d'étonnement. Que fait la baronne ?

— Elle est à sa toilette, dit maître Troquemarton, et vous a déjà demandé.

— Fais-lui dire que ses ennemies les araignées m'ont tenu éveillé une partie de la nuit, que je me suis assoupi sur le tard et que je lui en présente mes très humbles excuses...

— Monsieur, interroge anxieusement maître Troquemarton, vous n'êtes pas blessé?

— Non, une égratignure à la main, une bosse au front. Ces araignées sont de rudes adversaires. Va, pas de question. Un jour je te raconterai ce fameux combat. Tout va bien. Sois tranquille.

— Tant mieux, monsieur! Aussi bien si cette nuit avait duré deux heures de plus, vous m'auriez retrouvé fidèlement planté à votre porte, mais avec des cheveux blancs!

— Cœur dévoué!

— Vous n'avez plus rien à me dire?

— Ah! je l'oubliais. Nous voici parvenus au terme de notre voyage. Envoie donc sur-le-champ à monseigneur quelque courrier diligent et intelligent pour lui annoncer que sa noble épouse, saine et sauve, touchera demain aux portes de la Rochelle, si telle est la volonté du Seigneur, cependant.

XXI

PETIT POISSON NE DEVIENDRA PAS GRAND

Que faisait alors à Poitiers, ou plutôt hors Poitiers, sur la rive gauche du Clain, dans une antique demeure, dont les jardins charmants bordaient la jolie rivière, la belle Écossaise, noble demoiselle Marguerite Harlemaine.

Noble demoiselle Harlemaine regardait pêcher à la ligne.

En effet, l'aimable recluse, obéissant à l'ordre royal et surveillée étroitement, égrenait mélancoliquement, jour par jour, le temps de son exil, tantôt en se livrant à des travaux de broderie dans l'intérieur de la maison, tantôt en suivant d'un œil d'envie le léger batelet des pêcheurs qui descendaient ou remontaient le Clain, assise à l'ombre d'une allée de charmes et d'ormes sévèrement gouvernés, sur la terrasse de l'ouest, par un jardinier jaloux de déployer des talents d'émondeur, fort à la mode à cette époque.

Quelques jours avant l'arrivée au château de Marans du regretté de son cœur, elle se promenait dans l'allée de la terrasse de l'ouest, que limitait une haie d'épines roses, aussi taillée de près que la barbe d'un frère lai, et elle contemplait, à quelques pieds au-dessous d'elle, sur la berge fleurie de la rivière, un pêcheur qui ne prenait jamais rien avec une patience exemplaire.

Ce pêcheur infortuné, immobile comme une statue de la Résignation, c'était la troisième fois que Mlle Harlemaine le remarquait, toujours à la même place, ne prenant rien, et pourtant amorçant et jetant sans cesse sa ligne avec un indéracinable espoir.

Cette étonnante immobilité, cette constante absence de succès, avaient fini par exciter grandement la compassion de la gracieuse jeune fille, et, à l'heure où nous la surprenons, songeant sans doute encore un peu à M. de Plotinière, mais songeant évidemment aussi beaucoup à ce pêcheur qui s'obstinait à ne rien pêcher, elle faisait des vœux sincères, penchée sur la haie d'aubépines, pour que le Seigneur des armées prit enfin ce malheureux en sa miséricorde et lui accordât au moins un petit poisson.

Au bout de l'allée façonnée par l'habile jardinier, de manière à ressembler à un lourd portique de maçonnerie verte, la duègne chargée d'accompagner tous les pas et d'enregistrer toutes les actions de la belle Écossaise, s'était installée sur un siège rustique et elle lisait le *Vergier d'honneur*, du sieur André de la Vigne, bon rimeur, qui est le récit poétique de l'expédition du roi Charles VIII au-delà des monts.

Elle en était arrivée à la minutieuse description du singulier régal offert aux regards du roi, à son entrée à Milan, lequel régal, entre parenthèse, consistait en l'accouchement, au naturel, d'une belle fille installée au sommet d'une riche estrade, symbolisant la délivrance de l'Italie par le souverain français, lorsque, levant les yeux, elle vit Mlle Harlemaine occupée à détacher des brindilles de la haie où il s'était pris et emmêlé, le fil d'une ligne au bout de laquelle pendillait un poisson de couleur argentine, que le soleil faisait reluire.

Elle vit encore Mlle Harlemaine prendre ce poisson dans sa main fluette, l'examiner avec intérêt, et finalement rejeter le tout par dessus la haie.

— Que se passe-t-il donc ? cria la duègne.

Mlle Harlemaine, avec une animation que ne motivait peut-être pas assez l'opération charitable à laquelle elle venait de se livrer, répondit, en accour nt à pas légers. :

— Figurez-vous, ma chère Croustanille, que ce malheureux brave homme, vous savez, ce pauvre pêcheur qui ne prend jamais rien, et dont tous les goujons du Clain semblaient se moqucr depuis trois jours...

— Eh bien, petite folle ?

— Eh bien, tout à l'heure, à mon vif étonnement, il a enfin attrapé une ablette !

— En vérité? Est-il Dieu possible ?

— L'émotion qu'il a ressentie et que je partageais, ma bonne Croustanille, a été telle qu'il en a perdu toute prudence, et dans son impatience de ne pas laisser s'échapper sa proie...

— Belle pièce, en vérité !

— Dans son impatience, il a tiré si brusquement sa ligne de l'eau, que le poisson décoché, au bout de son fil, comme la flèche d'un arc, est venu se planter et s'accrocher dans la haie, juste à côté de moi.

— Vous eussiez pu être éborgnée, Seigneur !

— Mes yeux sont intacts.

— C'est bien heureux.

— Oh! oui, certes!

— Et qu'avez-vous fait?

— Sur la prière du pêcheur j'ai détaché la ligne et arraché le poisson à la claie où il était venu s'échouer, et je lui ai renvoyé le tout, en lui disant doucement d'être plus calme une autre fois.

— Et vous auriez pu lui dire aussi d'aller se livrer à son plaisir un peu plus loin, car il s'en est fallu de peu, à ce que je vois, que l'hameçon ne vous privât de la lumière des cieux.

— Ma bonne Croustanille, je ne suis point aveugle heureusement, et la joie du pêcheur en recouvrant son poisson, était si grande que je n'ai pas eu le courage de morigéner.

— Allons, voilà qui va des mieux alors, et puisque cela vous amuse de regarder pêcher à la ligne, je ne crois pas devoir vous interdire cet innocent plaisir. Retournez à vos ablettes, je reviens à mon *Vergier d'honneur.*

La vertueuse Croustanille reprit sa lecture à l'endroit intéressant où elle l'avait laissée, et Mlle Harlemaine s'en fut s'accouder de nouveau

sur la haie au-dessous de laquelle, alléché sans
doute par son premier triomphe, le pêcheur continuait d'amorcer et de jeter méthodiquement
sa ligne dans les eaux vives du Clain.

Dans le récit de son exploit charitable qu'elle
avait accompli au bénéfice du pêcheur, Mlle Her-
melaine n'avait omis qu'un petit détail, lequel
avait bien son importance pourtant, mais elle
jugea, comme vous le jugerez aussi, qu'il était
inutile d'en faire part à la vénérable duègne.

L'ablette enfin capturée par le pêcheur et qui
étincelait si gentiment au soleil comme un poisson d'argent, était effectivement un poisson mé-
tallique, artistement découpé dans une mince
lame d'étain poli.

Et comme Mlle Harlemaine, émue au dernier
point par la constatation de ce fait anormal, l'exa-
minait avec curiosité, elle vit que le corps de
l'ablette était couvert de caractères fort bien tracés.

Ce poisson était un poulet.

Un poulet pour le bon motif, je me hâte de
l'ajouter, mais que la jeune fille *pluma* de l'œil en
un instant.

L'ablette messagère disait ceci :

« *Le mort est vivant. Allez promptement au*

» *château de Lusignan. La fée Mélusine vous*
« *donnera de ses nouvelles. Espérez en vos amis*
« *de la Rochelle.* »

Une immense joie éclata dans le cœur de la
noble enfant en déchiffrant cette énigme manus-
crite.

M. de Plotinière était vivant !

Et qui lui envoyait cette bouleversante nouvelle ?

Un ami de la Rochelle, c'est-à-dire des amis
sûrs et des coreligionnaires de celui qu'elle avait
pleuré si amèrement à Blois, de celui qu'elle
pleurait tous les jours à Poitiers, quand elle était
rendue à la solitude de sa chambre, la nuit.

— Avant trois jours, je serai au château de
Lusignan, se dit-elle avec résolution, et dès ce
soir je tâcherai de décider mes geôliers à m'y
conduire.

XXII

LA FÉE MÉLUSINE

Le château de Lusignan, dont il ne subsiste aujourd'hui que des vestiges sans importance, était alors — (pour peu de temps encore, du reste, car il devait être pris et à peu près rasé en 1574 par le duc de Montpensier), — une des insolentes forteresses de la contrée et passait pour inexpugnable. A son donjon se liait une terrible légende, et l'on croyait dans tout le pays, et même au-delà, que la fondatrice de la maison de Lusignan, la belle Mélusine, fée, parricide et je ne sais quoi d'abominable encore, y vivait depuis des siècles, enfermée dans les souterrains du château, où tous les samedis elle se transformait en un serpent plaintif, dont les cris ont gardé, comme on sait, une réputation proverbiale.

Les voyageurs venaient donc de très loin en pèlerinage au château de Lusiguan, dans l'espoir d'entendre les cris de Mélusine.

Aussi quand Mlle Harlemaine manifesta habilement à la veillée l'envie d'être menée à Lusignan, sa demande parut toute naturelle. Les parents secrètement flattés de voir une jeune fille élevée à la cour, et saturée de toutes les curiosités parisiennes, désirer connaître les merveilles locales, se mirent avec empressement à ses ordres et l'on décida que l'expédition aurait lieu sans retard.

Cette décision fut prise le soir même de la prise de l'ablette. Le départ fut fixé au surlendemain.

Et le lendemain, le pêcheur, qui était revenu comme d'habitude à son poste d'épreuve, pêcha, non pas une ablette, mais un petit caillou fort blanc, tombé du haut d'une terrasse sur son bonnet, et sur lequel à l'aide d'une épine de la haie trempée dans le sang pur d'un doigt délicat, était écrit. — *Demain.*

Il s'en alla, fort content du résultat de sa journée. C'était décidément un singulier pêcheur que ce pêcheur-là.

Environnée d'oncles, de tantes, de cousins ivres d'amour, tout naturellement, et de cousines qui faisait une mine grise, tout naturellement aussi, à cause de la mine rose des cousins, noble demoiselle Marguerite Harlemaine s'en fut à cheval au château de Lusignan, prête à tout événement, pressentant un enlèvement, résolue à seconder toute tentative, interrogeant d'un œil troublé les bois à travers lesquels on passait et les maisons où l'on faisait halte.

Certes, elle pensait encore un peu au pêcheur du Clain, mais elle songeait aussi bien davantage à ses amis de la Rochelle, et son cœur battait tumultueusement.

Car, sous la rubrique — amis de la Rochelle — elle soupçonnait fort, avec une délicieuse angoisse d'âme qui ne permettait pas à ses scrupules de parler bien énergiquement — que M. de Plotinière et son dévouement étaient implicitement compris.

Il ne se passa rien d'important pendant la journée, hélas! et l'on arriva à Luisignan dans l'après-midi.

On visita longuement le château, ses jardins, ses souterrains, mais Mlle Harlemaine, attristée, n'y rencontra ni la fée Mélusine, ni cet autre magicien, bien autrement puissant, qui s'appelle l'amour.

L'hôtellerie du Saint-Nom reçut, le soir, les voyageurs las de leur excursion.

Sous le manteau de la haute cheminée de la cuisine, et tournant vers les arrivants un dos plein de résignation dont l'aspect excita une surprise réconfortante dans l'esprit abattu de Mlle Harlemaine, la jeune fille aperçut en entrant dans l'hôtellerie, un homme qui, armé d'un vieux canon d'arquebuse employé pour souffler le feu, fourgonnait avec obstination dans les tisons.

C'était encore le pêcheur du Clain. Cette fois. il avait l'air de pêcher des étincelles.

Il ne se retourna point quand la brillante compagnie fut entrée dans la vaste cuisine, mais il dit à haute voix à l'hôtesse, avec laquelle il s'entretenait .

— Il fera frais cette nuit. Il serait imprudent de laisser ouverte la verrière de sa croisée, et pourtant à deux heures du matin. la lune serait bien belle à contempler dans son plein, si l'on était de complexion poétique.

L'hôtesse se rengorgeant répliqua :

— On ne reçoit ni poète ni malandrins, ni jongleurs et jongleresses d'aucune sorte à l'hôtellerie du Saint-Nom.

— Et vous avez bien raison, dit le pêcheur, ces gens-là mettraient à sac et à sec les offices et les caves de Grandgousier lui-même.

Mlle Harlemaine fut frappée de l'accent allemand de l'homme pendant qu'il parlait ainsi. Mais il lui importait peu que le secours qu'elle attendait pour sortir de captivité eût ou n'eût pas, un accent étranger.

Pourtant cela lui donna à réfléchir. Elle se rappelait le bâtard d'Angoulème, ses obsessions continuelles, ses menaces, son audace sans bornes, les coupe-jarrets étrangers qui lui obéissaient aveuglément et servaient ses desseins, et, bien qu'une voix secrète lui dit d'avoir confiance dans la loyauté du pêcheur du Clain, elle ne pouvait s'empècher de songer, la pauvre enfant, qu'un abîme allait s'ouvrir peut-être aussi devant elle, cette nuit-là, à l'heure où la lune est admirable à contempler dans son plein.

Car elle pensait bien qu'en s'exprimant de la sorte, le pêcheur lui donnait, dans une ironique antiphrase, un avis suprême et un signal.

N'écoutant que le conseil d'une âme intrépide, elle résolut d'aller jusqu'au bout. Une femme de cœur, tombée dans un piège, se dit-elle, a toujours un moyen d'en sortir avec son honneur, sinon avec sa vie. Hésiter, c'est peut-être perdre par timidité l'espoir de ne revoir jamais M. de Plotinière. Soyons brave et attendons le lever de la lune.

A l'aube, absolument transie, la vénérable Croustanille, qui s'était couchée et avait dormi comme une souche, dans la chambre même de Mlle Harlemaine, se frottait les yeux avec épouvante.

La chambre était vide et la fenêtre ouverte.

La fée Mélusine avait fait un miracle.

Noble demoiselle Marguerite Harlemaine s'était envolée par le propre chemin des oiseaux sans doute, car la porte était fermée à double tour.

Au bas de la fenêtre, l'inconsolable Croustanille ramassa une petite bande de parchemin, sur laquelle elle lut ces mots :

— « *Le bâtard d'Angoulême pourra dire bientôt ce que je suis devenue.*

MARGUERITE. »

— Enlevée par le frère du roi!

Après ce premier cri de désespoir, l'honorable duègne murmura avec regret :

— Voilà bien la chance de ces péronelles !

Puis, prenant une mine déconfite, elle alla annoncer l'irréparable fait, qui dérida merveilleusement la face des cousines, si elle transporta de rage les cousins, aux oncles stupéfaits et aux tantes abasourdies de Mlle Harlemaine.

XXIII

A LA ROCHELLE

Le sieur Dupré, redevenu le gouverneur du dogue-barbet de Sa Majesté, après avoir été colporteur d'œufs de Nuremberg, puis paysan dauphinois, s'est séparé de M. de Plotinière et de maître Troquemarton à Grenoble, où il les avait rejoints à l'hôtellerie de la Salade-d'Or. Il ne pouvait les accompagner à la Rochelle : ses principes et les instructions secrètes de Charles IX lui défendant de se mettre ostensiblement au nombre des partisans de l'amiral.

Le sieur Dupré est donc reparti pour Blois, vers lequel il chemine à petites journées, suivi du beau chien de montagne qu'on a entrevu à l'Allégrerie, lequel est destiné à remplacer le pauvre Hercule dans les chenils royaux.

Le sieur Dupré, satisfait d'avoir servi son maître, aidé son ami Troquemarton, trouvé un chien splendide, et mystifié les gens de M. d'An-

14

goulême, se sent le cœur bon et miséricordieux.
Aussi se promet-il de ne pas oublier, avant d'arriver à Moulins, de délivrer le véritable frère
Abdon, cellerier du clos de Prépatour, et ses
compagnons, qui sont toujonrs emprisonnés par
son ordre dans la hutte de charbonnier où nous
les avons laissés, déplorant leur sort et buvant
pour se consoler de leur mésaventure.

Espérons qu'il tiendra sa promesse et que frère
Abdon l'Authentique sera libéré avant le jugement dernier !

Transportons-nous à la Rochelle et entrons
dans la salle du vieil Hôtel-de-Ville, où l'amiral,
en compagnie de son chapelain Merlin, commente, après l'avoir relu pour la centième fois
peut-être, un sermon de Calvin sur le livre de
Job. Cette lecture et ces commentaires étaient une
des plus grandes consolations du héros protestant
dans ses heures de tristesse.

Coligny est pensif. A son retour de Blois, M.
de Téligny lui a appris, — secret que le roi lui a
confié au moment de son départ, — que M. de Plotinière tenterait d'enlever Jacqueline de Montbel.
Mais, depuis qu'il a été instruit du projet de
son jeune ami, plusieurs semaines se sont écou-

lées et aucune nouvelle n'est parvenue à la Rochelle.

De plus, M. de Téligny lui-même, qu'il aime
tendrement, et qu'il a résolu de s'attacher plus
étroitement en l'unissant à sa fille aînée Louise
de Châtillon, est absent depuis quelques jours,
ainsi que Nicolas de La Mouche, son interprète
pour l'allemand.

M. de Téligny et Nicolas de La Mouche manquent beaucoup à Coligny, qu'égaie le spectacle
de leur jeunesse pétulante.

Et puis, car il faut tout dire, celui qu'un his-
torien a appelé « l'homme le plus grave de l'Eu-
rope », pense à chaque instant, avec les élans de
cœur d'un jeune homme, à la charmante veuve
que M. de Savoie retient dans ses États.

Malgré sa barbe très grise, Coligny a le cœur
très chaud et il a conçu plus que de l'inclination
pour l'enthousiaste Jacqueline.

Tout en mâchonnant, selon son habitude, un
curedents de bois, il se demande, entre deux
phrases de son ministre, si sa mâle et sereine
figure, de nouveau couturée à Moncontour, n'est
pas capable d'effrayer un peu la belle créature,
qu'il n'a pas revue depuis un an passé.

Coligny commente donc le livre de Job avec son ami Merlin, mais il est loin d'égaler son modèle en patience, le jour où nous nous trouvons en sa présence.

Il marche de long en large, d'un pas que n'alourdissent nullement ses cinquante-trois ans sonnés; et le bon Merlin, un peu étonné, le suit dans ses évolutions, le volume des sermons de Calvin au poing.

Tout à coup, l'amiral s'arrête, prête l'oreille.

Un bruit de chevaux s'est fait entendre dans la cour.

— Enfin! voilà Téligny de retour, s'écrie Coligny.

Téligny venait d'arriver en effet. Il fit demander bientôt s'il pouvait être introduit auprès de son futur beau-père, et son futur beau-père lui fit dire de venir, avec un véritable contentement. Décidément, le pauvre Job ne suffisait pas, ce jour-là, à M. l'amiral!

M. de Téligny apparut aux yeux satisfaits de Coligny, suivi d'un jeune garçon qui était à la fois poudreux et crotté de la nuque aux talons.

— Que veut ce jeune homme, mon fils? demanda l'amiral à Téligny.

— Je l'ignore. C'est un messager.

— Moulu sur toutes les coutures, monseigneur! interrompit celui dont il était question.

— C'est un messager, continua Téligny, qui est arrivé il y une heure et que l'on faisait attendre dans vos antichambres pour ne pas interrompre vos pieux exercices. Il paraît — du moins il l'assure, — que son message est d'importance. Je me suis donc permis de vous l'amener sur-le-champ.

Le messager salua et dit :

— Servir chaud et cuit à point, telle est ma devise, messeigneurs. C'est pourquoi j'ai insisté pour avoir l'honneur d'être admis auprès de monsieur l'amiral.

— Qui êtes-vous? demanda Coligny.

— Je m'appelle Furet. Mon patron se nomme Troquemarton. Je suis venu toujours courant, sans boire ni manger.

Il prit un temps et ajouta, sûr de l'effet qu'il allait produire :

— Je viens de la part de M. de Plotinière.

Le visage coloré de Coligny prit une teinte plus vive encore en entendant prononcer le nom de son ancien page.

— Pour tout dire, voici la recette... non, je me trompe, la lettre de créance que j'ai à remettre à monseigneur de la part de celui qui m'envoie.

Coligny tendit la main vivement, et prit avec émotion la lettre que Furet lui offrait en pliant le genou.

Quand il l'eut parcourue, il se tourna vers le ministre Merlin et vers M. de Téligny, les yeux pétillants d'éclairs joyeux ; mais il leur dit avec gravité :

— Remercions le Seigneur, mes amis, la dame d'Entremont sera à la Rochelle demain soir.

En parlant ainsi ses mains tremblaient, et une soudaine buée obscurcit pendant une seconde l'éclat de ses yeux.

L'heureuse nouvelle apportée par l'intelligent Furet, — dont les serviteurs de l'amiral s'emparèrent à l'envi pour en faire un vrai coq en pâte dans les offices, — se répandit rapidement parmi les gentilshommes du logis.

Le soir, la ville entière en était instruite.

Ce fut partout une allégresse générale. Coligny était adoré de tous ceux de son parti, aussi bien des citadins, qui s'imposaient pour lui de rudes sacrifices pécuniaires, que des soldats dont

il réprimait pourtant sans pitié les écarts de discipline et les tendances à la picorée.

Les gros bourgeois et les membres de la milice
civique se réunirent et prirent la résolution d'aller
le lendemain en corps au devant de la femme de
l'amiral, jusqu'à une lieue des portes de la ville.
La soirée fut employée par eux à fourbir leurs
armes.

De leur côté, les gentilshommes de la reine de
Navarre, du prince de Béarn et du prince de
Condé prirent leurs dispositions pour former le
lendemain une escorte imposante à leur heureux
général.

Les plus fortunés d'entre eux firent immédiatement défoncer quelques tonneaux de vin par
les rues, afin que le populaire pût boire à la santé
et au bonheur de l'illustre couple.

Bref, cette nuit-là, La Rochelle perdit quelque
peu de sa réserve puritaine et de sa tenue austère. On y entendit plus de chants joyeux que de
psaumes.

Quant à l'amiral, son agitation était si vive
que ses distractions frappèrent tous les assistants
au souper. Rentré dans sa chambre, il négligea
pour la première fois son habitude de chaque soir,

qui était de noter sur son journal, avant de se livrer au sommeil, les faits saillants de la journée écoulée. Enfin, son ministre Merlin le quitta sans lui avoir entendu parler avec complaisance, comme d'ordinaire, des deux grands projets qui lui tenaient au cœur, à savoir la campagne dans les Flandres et le mariage du prince de Béarn avec Marguerite de Valois.

XXIV

LES ÉPOUX

Si l'agitation régnait à La Rochelle, on n'était guère plus de sang-froid, à quelques lieues de là, dans l'hôtellerie où la dame d'Entremont et les siens faisaient leur dernier dîner de voyage.

La noble dame ne mangeait point. Sa jolie tête sur sa main grasse et élégante, les yeux à demi fermés, elle se berçait avec les discours de sa chambrière Marcelle.

Marcelle babillait avec volubilité. Elle racontait à sa maîtresse comment elle avait fini, chemin courant, par échanger l'anneau des fiançailles avec Troquemarton.

Maître Troquemarton, de son côté, faisait un aveu de même nature à M. de Plotinière. Mais le jeune homme ne l'entendait pas et soupirait douloureusement. Il avait appris d'un fidèle émissaire, envoyé secrètement par lui à la découverte du côté de Poitiers, et qui avait rejoint

l'escorte le matin même comme on quittait le
château de Marans, que Mlle Harlemaine n'était
plus dans la ville où le roi Charles IX l'avait en-
voyée en exil.

Ce qui redoublait le chagrin de M. de Plotinière, c'est que l'émissaire lui affirmait avoir entendu dire que Mlle Harlemaine avait disparu,
sans doute enlevée, cinq ou six jours auparavant, tandis qu'elle se rendait à un pèlerinage à
Lusignan.

M. de Plotinière ne doutait pas que le bâtard
d'Angoulême, son rival, ne fût pour quelque chose
dans la disparition mystérieuse de la jeune fille,
et il se désolait en pensant qu'elle était peut-être
irrévocablement perdue pour lui.

Le jour le surprit toujours en proie à ces dou-
loureuses pensées.

Son sort contrastait si cruellement avec celui
de ses amis! Ils allaient atteindre enfin le but
de leurs espoirs et la fin de leurs peines, et
le soleil, joyeux pour eux, était morne pour
lui.

Maître Troquemarton, que l'amour bourrelait
aussi, mais dans de justes limites, avait fini par
se mettre à digérer en dormant à côté du jeune

homme, sur un siège de bois où il ronflait comme
en un lit de plumes.

M. de Plotinière reveilla à regret le fidèle cabaretier. Il était temps de songer à prévenir les gentilshommes, disséminés dans toutes les maisons
du village et dans l'hôtellerie, qu'on allait se
mettre en route sans plus tarder.

Une heure après, la dame d'Entremont et sa
suite prenaient le chemin de la Rochelle.

A la vesprée, on rencontra l'avant-garde du
cortège de l'amiral, enseignes déployées et tam-
bour battant, Un flot de Rochelois suivait en
habit de fête.

Des vivats prolongés saluèrent l'apparition de
la dame d'Entremont, qui avait échangé les cous-
sins de sa litière de voyage contre la selle d'une
haquenée de belle allure.

La jeune femme galopait avec grâce au milieu
de son escadron d'alliés et de parents, et se tenait
sur sa bête, non pas à la planchette, mais la
jambe à l'arçon, ainsi que Catherine de Médicis,
l'excellente écuyère, avait montré à le faire à
toutes les nobles dames de son temps.

Bientôt on fut en présence du gros de l'escorte
de Coligny, composée des plus hauts seigneurs

calvinistes et de leurs gentilshommes, tous harna-
chés comme pour un tournoi et dont les écharpes
et panaches flottaient au vent.

Les écuyers suivaient portant les lances et les
boucliers.

Des détachements de la garnison et des milices
bourgeoises occupaient les bas-côtés de la route.
Une foule immense d'habitants de la ville et de
paysans des environs ondulait joyeusement autour des soldats. Il y avait des enfants jusque
dans les branches des arbres.

En avant de son escorte s'avançait Coligny,
ayant à ses côtés le comte de Larochefoucault,
le marquis de Conty, Louis de Nassau, Téligny,
de Mouy, Cavagne, le jeune prince de Condé, —
et enfin un brun adolescent, au visage maigre, au
nez en bec d'aigle, que les Espagnols traitaient
dédaigneusement de *Vendomillo*, le petit Vendôme,
et qui n'était autre que Henri, prince de Béarn, le
futur roi de Navarre.

L'Amiral, plus pâle que d'habitude, mais souriant, avait fort grand air.

Il était tout de noir vêtu, sans cuirasse, le col-
lier de Saint-Michel au col, coiffé d'un mortier
de velours à plume blanche, ganté de daim tanné

rouge, et il tenait à la main une baguette dont il caressait le col nerveux de son cheval, un turc à l'œil étincelant.

En apercevant Jacqueline de Montbel, Coligny mit pied à terre avec une vivacité de jeune homme et s'avança vers la belle voyageuse, sa toque à la main.

Puis il prit la main que sa femme, rougissante de tendresse et d'orgueil, lui tendait en tremblant, et il la baisa longuement sur le poignet.

Des cris de joie s'élevèrent de toutes parts à ce spectacle, se mêlant au chant des psaumes de victoire, et l'on entendit dans le lointain l'écho puissant des canons tonnant sur les remparts de la Rochelle.

Pendant que Jacqueline de Montbel recevait les félicitations du héros de son cœur, M. de Plotinière, oubliant le milieu où il se trouvait et la touchante rencontre des deux époux, dévorait du regard, muet de surprise, un jeune cavalier, au costume sombre, arrêté avec tous les autres gentilshommes, mais un peu à l'écart, sur le milieu de la route.

Ce cavalier inconnu offrait, trait pour trait, pour M. de Plotinière, en dépit de son vête-

ment, la vivante image de mademoiselle Harlemaine.

Comme le jeune homme faisait cette remarque
avec une indicible angoisse, il s'entendit nommer
tout haut par une voix douce.

C'était Jacqueline de Montbel, qui, sa première
émotion apaisée, signalait à son époux la présence, un instant oubliée, de son jeune libérateur.

Troublé au dernier point, M. de Plotinière reprit pourtant ses sens assez à temps pour voir
Coligny s'avancer vers lui les bras tendus.

Il se jeta à bas de son cheval et courut mettre
un genou en terre devant celui qui était alors
autant et plus que le roi de France pour un tiers
des Français.

Mais Gaspard Ier, comme l'appelaient les Huguenots, n'aimait pas ces marques extraordinaires
de respect; il s'empressa de relever le jeune
homme et l'embrassa tendrement, sans proférer
une parole.

Seulement, il avait les yeux pleins de larmes
qui tombèrent sur les mains de M. de Plotinière.
Cette preuve de l'émotion profonde et de la grati-
tude de son vieux chef le paya amplement de
toutes ses peines.

En ce moment, M. de Téligny, qui était venu serrer la main du jeune homme, dit tout bas quelques mots à l'oreille de l'Amiral.

— Ingrat que je suis! s'écria Coligny. Je ne pensais qu'à moi.

Et il ajouta :

— M. de Plotinière, mon brave enfant, la dette que j'ai contractée envers vous est de celles qui ne s'acquittent pas, mais laissez-moi vous donner de ma reconnaissance un témoignage qui vous sera précieux, je l'espère.

— Monseigneur, balbutia le jeune homme, je n'ai fait que mon devoir.

— Mon fils, reprit l'Amiral. M. de Téligny et Nicolas de la Mouche, mon secrétaire pour l'allemand, ont ramené de Poitiers, hier, — et je ne sais la chose que depuis ce matin — un jeune cavalier qui est fort de vos amis, m'ont-ils dit. Ce bel ami, parait-il, ne serait jamais venu à la Rochelle, si M. de Téligny ne l'avait pas fait *pêcher*, — le sens du mot vous sera expliqué plus tard, — par maître Nicolas de la Mouche, qui n'excelle peut-être pas autant que Pierre l'apôtre à prendre le poisson, mais qui sait à merveille hameçonner les gens.

Ce bel ami est ici. Je l'aperçois là-bas, qui vous regarde. Allez donc lui demander l'accolade, mon fils.

M. de Plotinière se dirigea en hâte, le cœur ivre d'anxiété, vers le jeune cavalier que lui désignait l'Amiral, et on le vit s'incliner passionnément sur la main que l'inconnu lui abandonnait, en se cachant le visage de son autre main.

— Que veut dire ceci? demanda Jacqueline de Montbel à son époux.

— Madame, cela veut dire que M. de Plotinière reçoit en ce moment la récompense qui lui a été promise s'il vous arrachait des mains de M. de Savoie.

C'était en effet Marguerite Harlemaine que M. de Plotinière venait de retrouver, alors qu'il la croyait disparue pour jamais.

Maître Troquemarton toussa vivement, pour expectorer l'émotion qui le prenait à la gorge en assistant à cet incident, qui fut commenté gaiement par les gentilshommes des deux escortes.

Puis, les deux troupes confondant leurs rangs, on reprit le chemin de la ville.

L'entrée des deux époux à la Rochelle fut triomphale.

LES DEUX ÉPOUX.

Il est probable que si le seigneur Risotto avait pu y assister, il serait mort de jalousie et de colère.

Mais pour l'instant, le seigneur Risotto était encore au château d'Entremont, et relevait à peine d'une longue fièvre causée par le désespoir qui le prit en apprenant l'évasion de sa prisonnière.

La rage et la honte que le seigneur Risotto ressentit en se voyant joué furent, en revanche, les seules consolations de l'officier grognon dans son malheur.

Il aimait les bons tours, et celui dont la garnison civile et militaire du château avait été la victime, lui paraissait excellent, d'autant plus qu'il mettait fin à sa détention prolongée dans un pays qu'il détestait.

XXV

A BLOIS

Tout n'était qu'espérance, joie, bonheur à la Rochelle.

Que se passait-il à Blois?

La nouvelle de la réunion de l'amiral et de Jacqueline de Montbel parvint rapidement à la cour.

Elle fournit un texte abondant de commentaires à ces messieurs les nains, qui ne devaient plus aller manger de civet de lamproie aux prunes sèches chez maître Troquemarton, attendu que le digne hôtelier, devenu l'époux de Marcelle Calbut, ne retourna pas à Blois, mais exerça bientôt, au château de Châtillon-sur-Loing, les fonctions respectables d'intendant.

Catherine de Médicis, lorsqu'elle apprit la bonne fortune de Coligny, devint, selon l'expression de Sapho, « verte comme de l'herbe ».

Quant à Charles IX, il reçut la nouvelle du

succès de l'entreprise de M. de Plotinière avec
un sourire que les courtisans lui avaient rare-
ment vu ; — un sourire qui aurait rempli de
songes sanglants le sommeil des heureux cou-
ples que nous avons quittés à la Rochelle, s'il
leur avait été donné de le surprendre !

— Eh bien, mon fils, lui dit la reine-mère,
M. l'amiral s'est joué de nous tous et le voilà
heureux et triomphant !

— Oui ! oui !... reprit le roi avec son sourire
continué, et par la mordieu ! je crois maintenant,
ma mère, que notre bon et vieil ami ne nous
refusera pas plus longtemps l'honneur de sa
visite.

Hélas !

Quelques mois plus tard, Coligny accourait,
plein de confiance, se jeter dans les griffes du
tigre ; et la dame d'Entremont redevenait veuve
de l'effroyable façon que l'on sait.

FIN

TABLE DES MATIÈRES

TABLE DES MATIÈRES

   I. — Gourmets et Gourmands.............   7

  II. — La Chambre haute du Château de Blois. 15

 III. — Les Petits parlent des Grands......... 29

 IV. — Le Page Charlot.................... 40

  V. — Le Cabinet de la reine mère.......... 50

 VI. — Le Vin de Prépatour................ 58

 VII. — Une Rencontre...................... 69

VIII. — Au Château d'Entremont............ 77

 IX. — L'Œuf de Nuremberg................ 85

  X. — L'Habit fait souvent le Moine........ 92

 XI. — Explications et Projets............... 102

 XII. — Ève tente le Serpent................ 112

XIII. — Ce que Femme veut................ 121

XIV. — In Vino Libertas................... 130

 XV. — Départ des Oiseaux................. 141

XVI. — Deux Braves....................... 148

XVII. — En Vue du Port.................... 160

XVIII. — Au Château de Marans................ 168

  XIX. — Le Flambeau....................... 178

   XX. — Escarribillat....................... 186

  XXI. — Petit Poisson ne deviendra pas grand.. 195

 XXII. — La Fée Mélusine.................... 202

XXIII. — A la Rochelle...................... 209

XXIV. — Les Époux......................... 217

 XXV. — A Blois............................ 227

DU MÊME AUTEUR

PROSE

Contes pour les grandes personnes.
Mesdames les Parisiennes.
Histoires divertissantes.
Ernest d'Hervilly-Caprices.
Histoires de mariages.
Les Armes de la femme (illustré Outin).
Parisienneries.
Caprices de Guignolette (illustré Robida).
Timbale d'Histoires à la parisienne (illustré Félix Régamey).
Le Bibelot, comédie (Palais-Royal).
Le Parapluie, comédie (Odéon).

VERS

Le Harem (illustré, pointes sèches, Henri Somm).
Le Harem. — Les Baisers. — Jeph Affagard, poésies.
Le Malade réel, comédie   (Odéon).

Le Docteur sans-pareil, comédie, (Odéon).
La belle Sanaïra,   id.   id.
Le Bonhomme Misère,   id.   id.
La Fontaine des Beni-Menad, comédie (Odéon).
Le Magister, comédie (Comédie-Française).
Poquelin père et fils, comédie (Odéon).

POUR PARAITRE PROCHAINEMENT

Les Révoltés du soleil, poème.
Les Aimeuses, roman.
La Statue de chair, roman.
Les Droits acquis, comédie en 3 actes.
Le Médecin des poupées, roman.
Parisiens bizarres.

COLLECTION

A TROIS FRANCS CINQUANTE

DIVERS

PEINTRES ET STATUAIRES ROMANTIQUES, par Ernest Chesneau, 1 vol. in-18 jésus de XII-335 pages.

L'EDUCATION DE L'ARTISTE, par Ernest Chesneau. 1 vol. in-18 de 400 pages. (Ouvrage adopté par le ministère de l'Instruction publique pour les distributions de prix et les bibliothèques de quartiers.

LE THÉATRE DE LA RÉVOLUTION, 1789-1799, avec documents inédits, par Henri Welschinger, 1 vol. in-18, couronné par l'Académie française, de 520 pages.

DAVID LIVINGSTONE ET SA MISSION SOCIALE, par Florentin Loriot, ouvrage orné de gravures, de quatre cartes d'après l'auteur et d'un portrait de Livingstone, par E. Nickels, 1 vol. in-18 de 350 pages.

Les Vrais Créateurs de l'Opéra Français : *Perrin et Cambert,* par Arthur Pougin, 1 vol. in-18.

La Prise de la Bastille et ses Anniversaires, étude historique d'après des documents inédits, par Georges Lecocq. V. *Collection Parisienne,* p. 12, pour l'édition de luxe du même ouvrage.

Le Capitaine Sans Façon, 1813. Épisodes de la contrerévolution, par Gilbert-Augustin Thierry, illustrations de Léon Gaucherel, Frédéric Regamey et Normand, 5ᵉ édition.

Les Cahiers des Curés, étude historique d'après les brochures, les cahiers imprimés et les procès-verbaux manuscrits de 1789, par Ch. L. Chassin, 1 vol. de 460 pages.

Souvenirs de la Commune 1871, par Edgar Monteil, 1 vol. de 350 pages, illustré par Tofani.

Grandes Dames et Pécheresses. Études d'histoire et de mœurs au xviiiᵉ siècle, d'après des documents inédits, par Honoré Bonhomme, 1 vol. de 380 pages.

LES DERNIERS BOURBONS : le duc de Berry et Louvel. — Les Favorites de Louis XVIII. — La dernière Maîtresse du Comte d'Artois. — La Femme du Duc d'Enghien, par Charles Nauroy, 1 vol.

MÉMOIRES POLITIQUES ET LITTÉRAIRES de A. Sallard, député de Seine-et-Narne. 1 vol.

LES MÉLANCOLIES D'UN JOYEUX, par Armand Silvestre, 1 vol. illustré.

La TERRE NATALE, impressions d'un campagnard, par le baron Lafon de Saint-Mur, 1 vol.

ROMANS

Legendes de fontainebleau, par Mme Julie O. Lavergne, 1 vol. in-18 jésus de 312 pages.

Ranza, par Henri Welschinger, 1 vol. in-18 de 350 pages.

Miette et Broscoco, par Alfred Bonsergent, 1 vol. de 360 pages.

Madame Caliban, par Alfred Bonsergent, 1 vol. de 400 pages, illustré, par Tofani, 4° édition.

Diogène le Chien, par Paul Hervieu, illustrations de Tofani (5° édition).

Isoline et la Fleur Serpent, par Judith Gautier, illustrations d'Auguste Constantin et de Frédéric Regamey.

La Dame d'Extremont, récit du temps de Charles IX, par Ernest d'Hervilly, 1 vol. illustré, parRegamey et Normand.

LE DERNIER SCAPIN, par Richard Lesclide, 1 vol. illustré, par Fréd. Récamey et O. Tofani.

ROMANS DAUPHINOIS, par Léon Barracand, 1 vol. illustré, par Tofani.

NOUVELLES PARISIENNES, par Philippe Chaperon, 1 vol. illustré, par Tofani.

VINCENNES. — IMPRIMERIE A. LABICHE.

CHARAVAY FRÈRES LIBRAIRES-ÉDITEURS

4 Rue de Furstenberg à Paris

BIBLIOTHÈQUE A TROIS FRANCS CINQUANTE

LE CAPITAINE SANS-FAÇON, 1813, épisode de l'Histoire de la Contre-Révolution, par Gilbert-Augustin Thierry, 1 vol. in-18 (cinquième édition), illustré par Gaucherel, Fr. Régamey, et A. Normand.

ISOLINE ET LA FLEUR-SERPENT, par Judith Gautier, 1 vol. in-18 illustré, par Fr. Régamey et Constantin.

DIOGÈNE LE CHIEN, par Paul Hervieu, 1 vol. in-18, avec quatre compositions de Tofani (troisième édition).

LA DAME D'ENTREMONT, récit du temps de Charles IX, par Ernest d'Hervilly, 1 vol. in-18 illustré par Fr. Régamey et A. Normand.

ROMANS DAUPHINOIS, par Léon Barracand, 1 vol. in-18, avec huit compositions de Tofani.

MADAME CALIBAN, par Alfred Bonsergent, 1 vol. in-18 avec quatre compositions de Tofani.

NOUVELLES PARISIENNES, par Philippe Chaperon, 1 vol. in-18 avec douze compositions de Tofani.

MIETTE ET BROSCOCO, par Alfred Bonsergent, 1 vol. in-18 de 350 pages.

SOUVENIRS DE LA COMMUNE, 1871, par Edgar Monteil, 1 vol. in-18 illustré par Tofani.

LA TERRE NATALE, impressions d'un Campagnard, par le baron Lafond de Saint-Mur, 1 vol. in-18.

GRANDES DAMES ET PÉCHERESSES, études d'histoire et de mœurs au XVIII° siècle, d'après des documents inédits, par Honoré Bonhomme, 1 vol. in-18, avec une vue du château de Chenonceaux.

LES DERNIERS BOURBONS, par Charles Nauroy, 1 vol. in-18.

LE THÉATRE DE LA RÉVOLUTION, 1789-1799, avec documents inédits, par H. Welschinger, 1 vol. in-18 de 520 pages (couronné par l'Académie française).

LES CAHIERS DES CURÉS, étude historique, d'après les brochures, les cahiers imprimés et les procès-verbaux manuscrits de 1789, par Ch.-L. Chassin, 1 vol. in.18 de 450 pages.

PARIS. — IMPRIMERIE P. MOUILLOT, 13, QUAI VOLTAIRE. — 33292

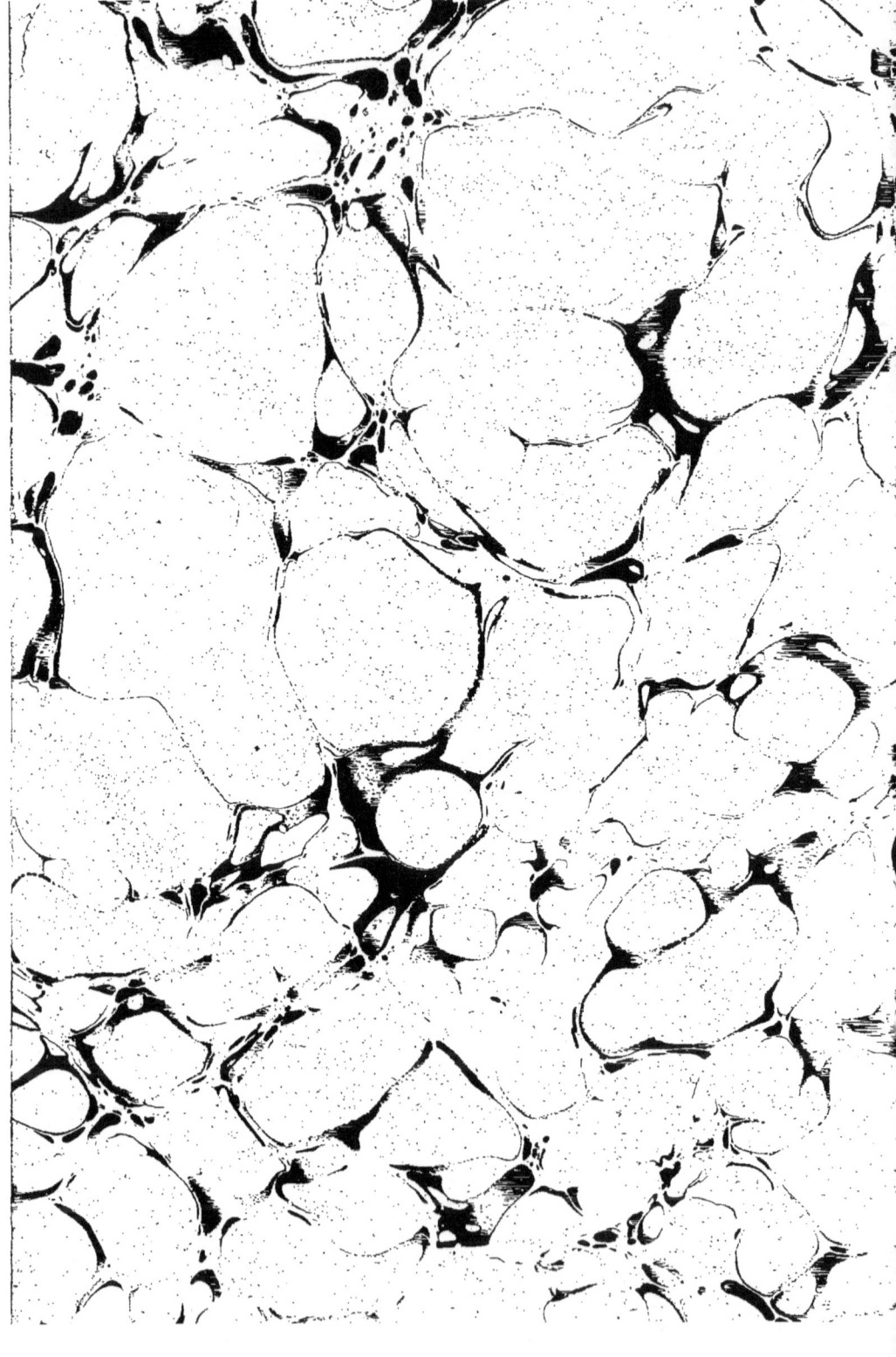

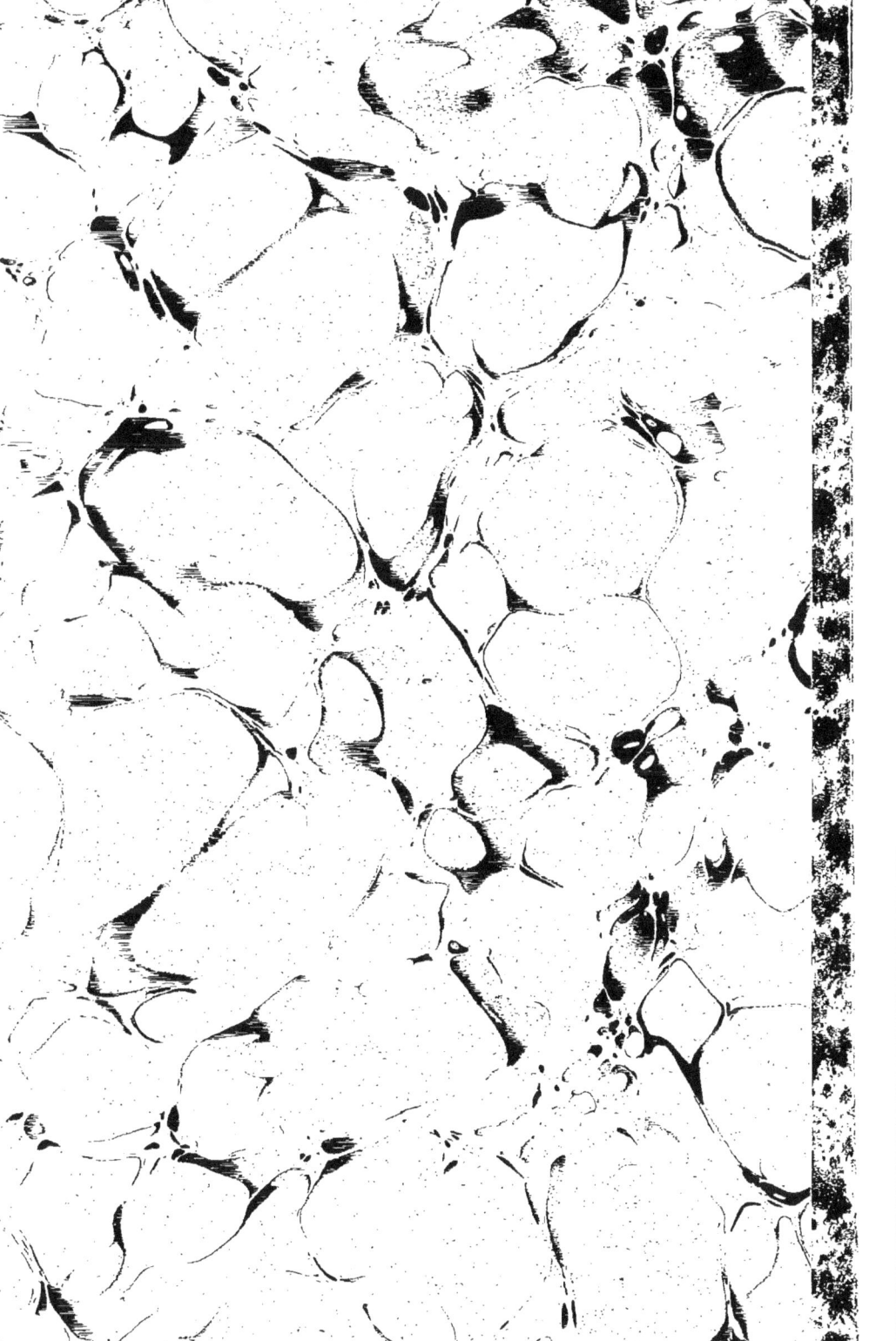

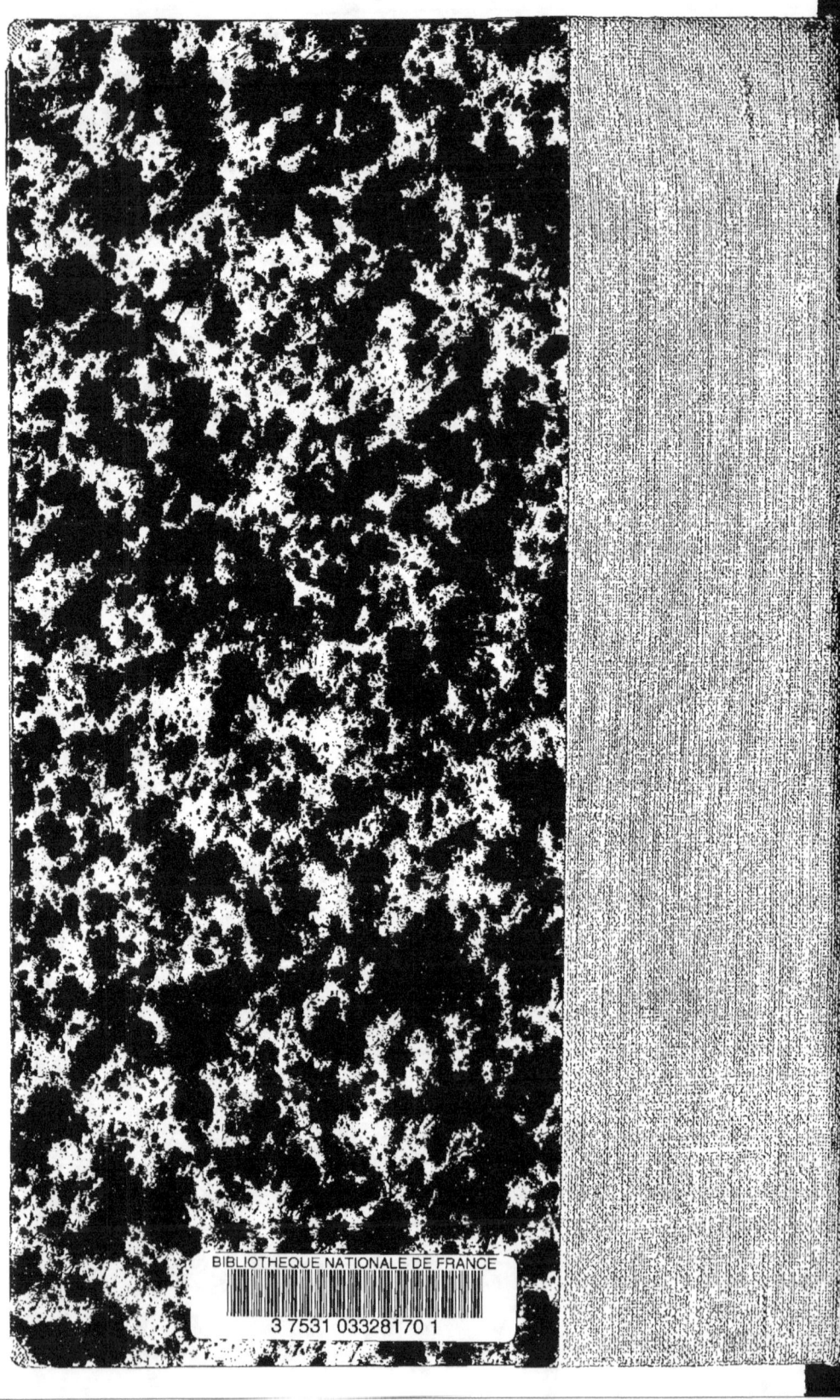

www.ingramcontent.com/pod-product-compliance
Lightning Source LLC
Chambersburg PA
CBHW070517030726
47503CB00004B/1296